长夜星火

上海回忆录

蔡若虹　　著

CNS | 湖南美术出版社

全国百佳图书出版单位

·长沙·

"同志们很多是从上海亭子间来的；从亭子间到革命根据地，不但是经历了两种地区，而且是经历了两个历史时代。一个是大地主大资产阶级统治的半封建半殖民地的社会，一个是无产阶级领导的革命的新民主主义的社会"。

以上引用的是毛泽东同志"在延安文艺座谈会上的讲话"中结束语的一段，他说的是上海亭子间和革命根据地的区别。我写的"上海亭子间的时代风习"这篇回忆录，讲的却是上海亭子间和革命根据地的联系，直接和间接的联系。

蔡若虹原名蔡雍，笔名雷萌，江西九江人，1910年1月出生于一个知识分子家庭。

20世纪20年代当国民革命军攻克九江后，蔡若虹在由共产党人主持的九江市党部创办了《火炬画报》，绘制了不少反帝反封建的美术作品。不久，蒋介石叛变，推翻了国共合作，开始在九江对工人、学生进行大屠杀，蔡若虹逃亡到南昌，当时只有17岁。

20世纪30年代，他在上海美术专科学校求学，同时参加了中国左翼美术家联盟，毕业后先后与陶行知先生、邹韬奋先生合作，在他们主编的《生活教育》《大众生活》《新生》《永生》等刊物上发表了很多漫画作品。此外，他又在《漫画生活》《生活漫画》《美术生活》《自修大学》《妇女生活》等刊物上发表了不少漫画作品。这些刊物不断被国民党禁止，他在反禁止中不断地坚持创作。他在1938年由廖承志同志介绍离开上海，与妻子夏蕾同赴延安。

20世纪40年代，他在延安鲁迅艺术文学院（简称"鲁艺"）美术系执教，先教漫画，后教创作实习，1941年后任美术系主任。1940年8月加入中国共产党，1942年5月长女蔡晓晴出生。他在鲁艺先后参加了整顿"三风"、延安文艺座谈会，并与华君武、张谔一同到枣园会见了毛主席。他还参加了开荒纺线等生产活动，在政治思想学习与美术创作实践方面也不甘落后，直到1945年日本投降后才随鲁艺大队离开延安。

1946年初，正值军事调处时期，他赴北平，在钱俊瑞主编的《解放》三日刊任美术编辑，发表了不少讽刺画。不久，报社被封，他回到了晋察冀边区的报社任美术编辑，先后参加了山西平定、河北石家庄等解放区的土地改革工作，在《晋察冀日报》上连续发表了《苦从何来》漫画二十余幅，对贫雇农开展诉苦运动起了很大的推动作用。1949年2月，他在人民日报社任美术编辑，与范长江一同进北平城。1949年6月，他又被调往新建立的文化部艺术局工作，在毛主席授意下，撰写了文化部第一个指示《关于开展新年画工作的指示》，引起了全国美术家对新年画创作的重视。不久，毛主席又指示文化部创办大众图画出版社，蔡若虹负责编绘了不少新的连环图画（小人书），打开了一个以民间美术为开路先锋的崭新局面。

20世纪50年代，他为新年画评奖做了不少工作，开始改行，专门撰写评论文章。1954年由文化部调往中国美术家协会，后任副主席。在北平解放之初，次女蔡胜和三女蔡利出生。在20世纪60年代后期至70年代的"文革"10年中，他被污蔑为黑帮头子，多次遭批斗后，转入文化部"五七"干校进行劳动改造，在那里，他参与了多种多样的生产劳动，还偷偷地写了不少旧体诗词。

"文革"后，他获平反并且恢复工作，先在中国艺术研究院工作，后在中国美术家协会与中国画研究院工作，直到1980年后才退休。

从20世纪50年代到80年代，他先后出国访问苏联、民主德国、法国、意大利、日本等国。也是在此期间，他当选为第三、第五、第六届全国人民代表大会代表，担任中国艺术研究院的领导和中国文联的荣誉委员，担任中国美术家协会第一至第四届副主席。

1997年2月，他的老伴夏蕾因病逝世。

从20世纪50年代到90年代，他的著作陆续出版，有画册《苦从何来》、诗集《若虹诗画》、文集《蔡若虹美术论集》与《蔡若虹文集》。他在晚年还出版了《灵犀小唱——蔡若虹诗词集续集》与《理想的美比实际生活更美（美术评论集）》（文集）。他还写了两部回忆录，一部就是这本关于20世纪30年代的回忆录《上海亭子间的时代风习》（原名，现更名为《长夜星火——上海回忆录》），一部是关于20世纪40年代的延安回忆录《赤脚天堂》。

目 录

《上海亭子间的时代风习》

（30年代回忆录）

目　录

18 × 15 = 270

中国美术家协会

(9) 出卖劳动力

(10) 实践第一

(11) 我的画外功夫

(12) 漫画、同图王打架的武器

(13) 美术史上的一面反抗红旗

(14) 禁止与反禁止

(15) 被抹煞的进步性、
　　　被夸大的危险性

(16) 我和聂耳的第一次晤面

(17) 自剖的几个横断面

(18) 笔在烽烟战火中

(19) 孤岛盼春

(20) 告别孚子间
　　小结

18×15＝270

中国美术家协会

啊！多灾多难的亭子间

举目四顾，这才明白亭子间并不是什么四面开窗的房子，而是只有一面开窗而且窗外是被一堵高墙挡住的房子。我的幻想被现实砸得粉碎，我不得不追究为什么叫做亭子间的原因。

　　我是 1930 年 7 月到上海去投考上海美专的。在未去上海之前，我早就听说过上海有一种弄堂房子叫做亭子间，很适合一两个人居住。顾名思义，我以为亭子间是一个四面开窗的房子。从小在中国古典式窗户不多不大的老式房屋中长大的我，把窗户看作是窥视外部世界的唯一孔道，对于宽敞而又明亮的窗户的渴望高于一切。我是在江西九江市城内一个破落的书香人家诞生的。我有三个哥哥和两个姐姐，我是最小的一个。由于三个哥哥比我的年纪大得多，我自小孤独无伴，养成一种爱好文艺、爱好幻想的性格。从窗户眺望蓝天上的流云，从窗户眺望窗外枇杷树叶上的积雪悄悄地落下的场景，是我幼年时代的赏心乐事。所以一想到亭子间四面开窗，就马上联想到早晨我打开东面的窗户，眺望天上灿烂的朝霞；傍晚我打开西面的窗户，眺望落日的余晖；热天我打开南面的窗户，好让清风徐来；北面窗户的光线变化不大，正好是画案摆在这个地方。结论是如果我去上海，我一定要住进这四面开窗的亭子间。

　　果然，我一到上海，就搬进了表哥家的亭子间。举目四顾，这才明白亭子间并不是什么四面开窗的房子，而是只有一面开窗而且窗外是被一堵高墙挡住的房子。我的幻想被现实砸得粉碎，我不得不追究为什么叫做亭子间的原因。

　　等到我随着表哥搬家而住过两三个亭子间之后，我才明白亭子间不过是"灶披间"（上海人称厨房为灶披间）的上层建筑。它的特点是三面不搭界（上海人称房屋不与邻家相连为不搭界），如果没有一面和隔壁的亭子间连在一起的话，那就是四面都不搭界的完全孤立的亭子。把这种房子称为亭子间，看来也是合乎实际的。

　　不过，我对这个第一次住进的亭子间还是非常满意的，满意的不是亭子间本身，而是这房屋的其他部分。这座房屋位于法租界恺自尔路嵩山路口（隔不远就是现在名为淮海中路的过去有名的霞飞路），是一座面临马路的房子。二房东是一对五六十岁的朝鲜夫妇，无儿无女，整个房子打扫得干干净净。他们自己住在楼下，前楼后楼由我表哥一家居住。前楼的前面走廊上有一排铁栏杆，可以凭栏俯瞰马路上的一切，这就是我最满意的所在。它比窗户好得多，我只要一有空闲，就靠在铁栏杆上眺望街景：马路边人行道上栽着法国梧桐，它肥大的绿叶我一伸手就可以摸到。我透过梧桐树的空隙可以看见马路对面红墙红瓦的房子，可以看见走路并不匆忙的行人，可以听见多年没有听过的卖饧糖的老人敲着小铜锣的声音，可以听见带着异乡口音的小贩们懒洋洋的叫卖的声音。特别是雨夜，我可以凭栏俯视那被雨水冲洗得油光水亮的马路上闪耀着一会儿鲜红一会儿翠绿的交通灯的灯光的美景。这些宁静而又多彩的异乡情调，简直令我心旷神怡，仿佛换了一个人间。

　　必须说明，20世纪30年代初期的上海，正是世界经济不景气非常萧条的时期，连霞飞路上的车辆行人也很稀少，那种安静与冷落是现在的上海人难以想象的，也是当时来自兵荒马乱的内地的我难以想象的。

　　回想我16岁时的逃亡生活，也不知不觉地混过了4年。那时我正患肺结核，经常咳嗽，灰色的心情和灰色的人生道路混合在一起。陌生的街道和古老的房屋是灰色的，嘈杂的市井声和冰冷的人情也是灰色的，特别是那一早一晚城墙上练习军号的声音，吹得人心慌意乱，那声音好像是哭诉，一边诉说着一个动荡不安的人间地狱，一边诉说着被压迫被损害者的悲痛与绝望，这是一个曾经一度辉煌而现在正在消失的世界末日的声音！

现在，我20岁，我来到了上海，它的安静与多彩，恰恰和我过去的生活环境形成了鲜明的对照。环境的改变，往往给人一个生活已经完全改变的错觉。说实话，我初到上海时的确有这种错觉。

回想我离开家乡的前两个月，比我大十岁的二哥拉着我一同去定购西服、皮鞋之类的衣物，我心想他不过是一个县教育局督学，既要养一家六口，又要供给我求学的学费，哪里有余钱给我添置衣物哩？所以我不肯去。二哥满脸不高兴地把我拉进卧室，轻轻地对我说："我不是教你到上海去摆阔气，我是要你化装化装，你懂不懂？这是化装。上海这个地方只认衣衫不认人，穿得好一些可以省掉许多麻烦，免得你把九江的闲话（说我是'白色恐怖下的漏网之鱼'的闲话）带到上海去。"二哥这一番推心置腹的话使我十分感动，我马上跟着他走，到城外去定购了西服、衬衣、领带、皮鞋等等。到了上海之后，我这一身崭新的服装在上海并不显得新奇，可是对于那些专门把亭子间租给外地人的上海二房东来说，的确对我另眼看待。二哥的话确实有先见之明。

我到上海不到半年，就揭开了上海的"安静而多彩"的面纱，逐渐看清了上海的本来面目：这不过是一个半殖民地的租界，一个"冒险家的乐园"，一个在外国资本庇护之下的中国工商业资本的寄身之所，一个出卖劳动力的广大中国工人依然挣扎在被压榨的贫困线上的地方。我的生活环境的确改变了,可是我的生活本质和立场观点依旧原封不动。

我考进了上海美专西画系二年甲级(即二年级第二学期)。这可好!我只要付一年半的学费就可以毕业了。我在美专各色各样的同学中交结了两个知心朋友,他们介绍我参加了上海左翼美术家联盟(中国共产党的外围组织)。我高兴地结束了漂泊多年的浪子生涯,思想上有了归宿,心情完全改变了,生活态度也完全改变了,从消极转变为积极,从悲观转变为乐观,每天提着画箱上学,眼光和视野也随着心情的改变而比较明亮、比较宽广了。

我在上海一共住了9年,无论是上学、失业或工作,都是住在各种各样的亭子间里。我没有统计过我换过多少次亭子间,我想大概总有八九上十个吧。我好像与亭子间有缘,初来上海时是住亭子间,9年后与上海告别时也是从亭子间走上码头的。这期间除了有一年住在浦东的三哥家里,有一个月住在电通公司的职工宿舍里,有三四个月住在白俄公寓之外,其余七年多的时光我都是在亭子间里度过的。我对于住亭子间的生活特点、二房东太太的嘴脸、娘姨大姐们的言论和行动以及亭子间住客们的命运,这一切都了如指掌。我在写《上海亭子间的时代风习》(现改为《长夜星火——上海回忆录》)的时候,早就计划着主要写自己的亭子间生活之外,也应当把与亭子间有关的一切交代清楚,让陌生的读者心中先有一个眉目。现在,我就开始写一些综合的情况。

关于亭子间生活的特点,可以用简短的三句话来形容,这就是:眼睛无聊,耳朵多劳,鼻子糟糕。

所谓眼睛无聊,是因为亭子间只有一面向北的窗户,而且窗外不是一座高墙挡在眼前就是邻家前楼的窗户，实在没有什么风景可看。

所谓耳朵多劳，我就要多说几句。我住过十来个亭子间，遇见过七八个二房东太太，她们身材面貌不同，衣服装束不同，可是有一个共同的习惯，这就是有事不和房客们商量，而是喜欢每天早晨站在灶披间门外，敞着嗓门好像高音广播似的向房客们提出警告（这种行为，我们南方人称为"唱隔壁听"）。对于亭子间的住户来说，生怕这些警告与自己的生活有关，是不能不听的。除此之外，还有在"高音广播"之后，在灶披间的门外，马上集合了三五个娘姨大姐（上海人称已婚的保姆为娘姨、未婚的保姆为大姐）交头接耳地在一起谈话，她们所谈的都是最近的"弄堂新闻"，张家长，李家短，奇闻怪事，应有尽有，有时也讲一些与"亭子间先生"有关的新闻，也是不能不听的。因此，我每天清早把窗户打开，让耳朵劳动，把"隔壁听"与"弄堂新闻"当作早餐以前的精神早餐，这已经成为我长年住亭子间的生活习惯。

所谓鼻子糟糕，是因为亭子间是灶披间的上层建筑，灶披间的窗户位置恰恰在亭子间的窗户之下，所以灶披间里的一日三餐，那些从炉灶之上、锅勺之间升起的腾腾热气，以及随着热气而来的各种地方异味，总是从灶披间的窗口冲出来，又从亭子间的窗口冲进来。上海的臭豆腐、宁波的臭鱼烂虾、四川的辣椒、湖南的咸菜……，这些异乡气味，我都尝过多遍。讨厌的是正当"隔壁听"和"弄堂新闻"开始广播的时候，也正是灶披间的地方异味冲进亭子间窗口的时候。为了收听广播，我必须把窗户打开；为了躲开异味，我又必须把窗户关紧。这样，长在一个脑袋上的五官，就发生了内部的矛盾冲突。为了衡量事情的轻重缓急，我总是优待耳朵而无情地牺牲鼻子，这就是"鼻子糟糕"的由来。以上三个亭子间的生活特点，都是集中在早晨。"一日之计在于晨"，这句话对于专门住亭子间的我具有特殊的意义。

关于二房东大太"高音广播"的内容，在这里我举几个很有代表性的例子。大约是早上6点多钟的光景，二房东就来到灶披间旁边的甬道上，两手叉腰，脖子一仰，"高音广播"就开始了：

"啥人夜里厢过了12点还不关灯？"

"啥人上楼梯咚咚咚咚像过兵？"

"啥人不关紧自来水龙头流了半夜？"

"啥人夜里厢回来不关后门？贼骨头进来只偷我格，不偷侬格！"

这里所喊的"啥人"，不是代表个人而是代表多数，它含有"杀一儆百"的目的在内。

关于娘姨大姐们所说的"弄堂新闻"的内容，我也想举几个具有代表性的例子。梳着发髻与拖着一根辫子，是她们身份的区别；江北口音与上海词汇混合在一起，是她们语言的特点；"侬晓得哦？"是她们所共有的开场白。

"侬晓得哦？11号的钱老头子70岁了，还要讨小，可怜得嘞，老太婆哭了三天三夜也没有人过问！"

"老头子尽是死不要脸的，7号的老鬼快80岁了，还养了一个3岁的阿囡！"

"侬晓得哦？5号黄家二少爷娶了个新媳妇，过门才6个月就养了个胖娃娃！"

《上海亭子间的时代风习》

（30年代左翼美联时期回忆录）

蔡若虹

小引

　　"同志们很多是从上海亭子间来的；从亭子间到革命根据地，不但是经历了两种地区，而且是经历了两个历史时代。一个是大地主大资产阶级统治的半封建半殖民地的社会，一个是无产阶级领导的革命的新民主主义的社会"。

　　以上引用的是毛泽东同志"在延安文艺座谈会上的讲话"中结束语的一段，他说的是上海亭子间和革命根据地的区别。我写的"上海亭子间的时代风习"这篇回忆录，讲的都是上海亭子间和革命根据地的联系，直接和间接的联系。

（一）呜呼！多灾多难的亭子间

我是1930年七月到上海去投考上海美专的。

在未去上海之前，我早就听说过上海有一种弄堂房子叫做亭子间，很适合一两个人居住。顾名思义，我以为亭子间是一个四面开窗的房子。从小在中国古典式窗户不多不大的老式房屋中长大的我，把窗户看作是窥视外部世界的唯一孔道，对于宽敞而又明亮的窗户的渴望高于一切。我是在江西九江市郊域内一个破落的书香人家诞生的；我有三个哥哥和两个姐姐，我是最小的一个；由于三个哥哥比我的年纪大得多，自小孤独寂伴，养成一个种爱好习艺

"是自家的还是野种？……只有天晓得！"

"侬晓得哦？昨日太阳还没有落山，三个外国水兵摸到我伲弄堂里厢来了，用上海话问我 13 号门牌在哪里，我装糊涂说不晓得！"

"这有啥稀奇，13 号的阿梅和 27 号的金芳早就和外国赤佬轧上了朋友。"

"侬晓得哦？昨日天蒙蒙，亮黑车子（指巡捕房抓人的囚车）又来了，把 16 号和 28 号的亭子间先生都抓走了。听招弟说，28 号的亭子间先生乖乖地走了。可怜得嘞，16 号的亭子间先生脸都打肿了，眼镜也打碎了！"

"我家亭子间的先生 2 月就被抓走了，这位先生人倒蛮好的，他一看见我提一桶热水上楼，就赶忙替我提上楼去！"

"哎哟喂，阿香，伊看上侬了！"

"瞎三话四，人家规规矩矩的，两只眼睛从来不东瞄西瞄，总是笑眯眯的。"

"哎哟喂，阿香，侬看上伊了！"

这一类的"弄堂新闻"往往是从桃色新闻开头，以白色恐怖结尾，闹剧告终。其间关于"黑车子"的行踪，是我注意力集中的所在，如果"黑车子"来得频繁，我就要马上决定搬家。

现在，我再交代一个突出的个别情况：

1931 年的冬天，正是我在美专毕业后的失业时期，通过在上海市公用局工作的三哥的介绍，我搬进了靠近枫林桥越界筑路的新建的建业里。我住的是最后一排房子的一间不小的亭子间，向北的窗外是一片空地和稀稀疏疏的树木，可以看见远远的房屋和天空,这是我所住的亭子间中唯一的视觉有用武之地的亭子间。

二房东是三哥的同事罗先生,这是一个在美国留过学的工程师,年纪不过40岁出头,胖乎乎的脸上总是挂着笑容,每天上班下班都很守时,说明他是一个比较正派的知识分子。他的30多岁的妻子却是一个目不识丁的家庭妇女,瘦削,干净利落,有一副上海罕见的直心肠,心里想到什么就从嘴里说出来,不怕别人笑话,像"江西是啥地方?江西是不是就是江北?","侬画油画,是酱油还是香油?","一张油画一百块洋钿,侬一个月只要画一张油画,收入比罗先生的收入还多",这些话都是她亲口对我说的。罗先生是她心目中唯一的偶像,她一讲话总要罗先生长罗先生短地把罗先生带上。她无儿无女,夫妻二人占了前楼后楼和楼下的客厅,只把亭子间出租,也没有雇娘姨,她一天除了把三顿饭做好,服服帖帖服侍罗先生之外,一有空闲,就摸到我的亭子间里来和我聊天儿,我也没有拒绝过她的打扰,也借此从她的嘴里可以多了解一些情况。

有一次,在闲谈时我问她,在我搬来之前这个亭子间住过一些什么人,这一下打开了她的话匣子,滔滔不绝地告诉我很多情况。

她说:"哎呀,侬问这个呀,没有一个房客在这里住过三个月,有的是叫罗先生赶走了,有的是叫'黑车子'带走了,罗先生常常为了这个亭子间生气。侬晓得哦?住亭子间的都是单身汉,教书先生倒安静,没有很多人来人往,最讨厌的是学生仔,说是一个人住,可是来来往往的人多着哩,有男的,有女的,说说笑笑,打打闹闹,不是唱歌就是跳舞,深更半夜也没个完,罗先生一生气,就把那些学生仔都赶跑了。这样的事体,罗先生赶过两三次,罗先生说，以后亭子间再也不租给学生仔。"

我问她："教书先生好不好？"

她说："哎呀，侬问这个呀，人好也住不长，还是叫巡捕房里的'黑车子'带走了！就说你搬来以前吧，格位教书先生人倒蛮好格，他年纪不到30，比侬高一个头，在这里住了两个月，和和气气，不吵不闹，手里厢总是书呀笔呀写什么的，出去不到几个钟头就准时回来，只打开水不做饭，三餐饭都是买的熟食，每个月的房钿从来不迟交一天，罗先生很喜欢这种样子的房客。真是天晓得呀，有一天突然来了一部'黑车子'把他带走了，还把亭子间抄了一个精光，说教书先生是共产党。我到亭子间里一看，铺盖行李不多，尽是书，床上桌上地板上尽是书，我不晓得共产党是啥，哪里是红胡子绿眼睛，尽是瞎三话四。罗先生又生了气，他对我说，这个亭子间今后再也不出租了！"

我问她："那……为什么又租给我住呢？"

她笑嘻嘻地对我说："侬呀，侬是画家嘛，画家哪能是共产党呢？"

我好像吞下了一个苦果，简直哭笑不得，心想，是不是我又该搬家了？

啊，这就是亭子间，多灾多难的亭子间！

画室里的『红旗』

因为我知道画室里既有送红旗的人，也有向往红旗的人，画室里的青春与红旗同在，这难道不正是 20 世纪 30 年代上海这个大城市与农村遥相呼应的时代特色吗？

在没有投考上海美专以前，我的三哥先找来了几份美术学校的招生简章，其中除上海美专以外还有新华艺专、昌明艺专、中国艺专在内。先看这些学校每学期的学费是多少，结果都是40元上下，相差无几，上海美专还可以插班，因此三哥对我说："上海美专牌子最老，如果插二年级，就可以减省一年的学费，还是投考上海美专吧。"于是我向上海美专报了名，并且考上了西画系二年甲级（即二年级第二学期）。三哥、表哥和我自己都很高兴，因为只要交三个学期的学费我就可以毕业。

上海美专坐落在菜市路底有一座新建的三层楼房其余都是两层和平房的院落里，其规模和现在北京的普通中学差不多。菜市路是法租界靠近南市的一条又破又旧的街道，所以美专临街的三层楼房，的确好像是鹤立鸡群。

西画系二年甲级的画室就在这三层楼的最上一层。画室既宽敞而又南北两面开窗，每个画室里除了模特儿台以外还可以容纳二三十个画架，这对于我这个从内地来的穷学生来说，自然是一个出乎意料的新天地。

西画系二年甲级的主课是人体素描，教师是当时的代理校长王远勃。听说他是法国巴黎美术学院毕业的，是一个西服整洁、面容严肃、不喜欢多讲话的中年男子，我曾在校长室墙上看见过他画的两幅油画风景，是规规矩矩的学院派。他上课时总是要先有同学请他看作业他才讲话，是明显的广东口音。我没有请他看作业，他总是在我的画架前面站一站就不声不响地走了。

我之所以能考上二年甲级，是因为我从师范开始就学过多年的临摹和写生，有比较熟练的基本功，而且1926年革命军攻克九江以后，我画过多幅反帝反封建的宣传画，所以投考美专时画一幅简简单单的人体素描，当然是一件轻而易举的事情。

每天上课，教师给模特儿摆好姿势，同学们就各自动手了。一幅人体素描要画一个星期（每天上午 3 小时），在我看来，这简直是磨洋工。后来看见同学们在画完人体轮廓后，在光影上精雕细琢，于是我也在光影上磨时间，但磨来磨去，不到三四天就全部画完了。

我的同班同学，来自全国各地，都是年纪二十左右的年轻人，也许由于腼腆和自尊，大家都埋头作画，互不理睬，只有在模特儿休息五分钟的时候，才离开自己的画架来往于别人的画架之前，互相观看，互相比较。据我看，一班二三十个同学，把人体素描画得比较准确的，也不过三分之一罢了。

因此，模特儿休息的时间，也就是同学们（包括低年级的同学）互相看画的时间。我把这时间叫做"以画会友"的时间，只有在这一时间，互不理睬的同学才开始与作业的主人对话。画室门外的长廊有一排可以倚靠的栏杆，这便是"以画会友"的最合适最方便的地方。

我在美专认识的三五个好友，就是从倚靠在长廊的栏杆上对话开始的。

我认识的第一个同学是洪叶，这是一个非常热情，比我低一年级的年轻人。他身穿西服，戴着一副并非近视的眼镜，他指着画室里我画的一个男模特的背影对我说："这是你的大作吧……很准确，很有力量……你不像一个刚刚学画人体的学生。"他的几句话也引起了我的热情，我对他说："你的眼力也很准确！"

《上海亭子间 的时代风习》

(二) 画室里的"红旗"

在没有投攷上海美专以前，我的三哥（他在上海市政府公用局工作）先我来了几份美术学校的招生简章，其中除上海美专以外还有新华艺专、昌明艺专、中国艺专在内。先看这些学校每学期的学费是多少，结果都是四十元上下，相差无几，上海美专还可以插班，因此三哥对我说：上海美专牌子最老，如果插二年级，就可以减省一年的学费，还是投攷上海美专吧。于是我向上海美专报了名，并且攷上了西画第二年甲级（即二年级第二学期），三哥、表哥和我自己都很高兴，因为吕于是两个人都笑起来了。接着，他毫不客气地伸手到我西服口袋里抽出一本小书："啊！《流冰》！马雅可！马雅可……！"他一边看书一边自言自语。《流冰》是画室翻译的一本苏联当代诗人马雅可夫斯基的诗集，"画室"是作家冯雪峰的别名，我因为喜欢马雅可夫斯基的诗，所以常把诗集放在口袋里。我问洪叶喜不喜欢马雅可夫斯基的诗，洪叶说："很喜欢，非常喜欢……原来我们志同道合！"就这样，《流冰》成了我和洪叶的介绍人。

洪叶是当时上海美专学生会的主席，扬州人，原名洪为济，后改名吴天。他年纪比我小，是一个才华横溢、锋芒毕露、说话与走路都带有节奏感、颇有诗人气质的年轻人。他主编的墙报《街灯》，是美专三个墙报中最受同学欢迎的一个，有的同学告诉我，说《街灯》的发刊词的标题是"向左转、开步走！"，我听了很惊奇，认为洪叶魄力不小，是我很佩服而且过从甚密的第一个同学。新中国成立后他改名吴天，从事话剧和电影导演工作，曾先后在东北、北京、广州珠影任导演。20 世纪 80 年代黄新波告诉我，吴天与他住得很近，吴天由于一次不幸的婚姻而发生了悲剧，他患了严重的忧郁症。我曾替他写过证明信，证明 20 世纪 30 年代在上海美专他曾两次保护我，我才没有被学校开除。不久，他就郁郁不乐地与世长辞了，我非常怀念他。他是我在美专认识的第一个共产党员。

我在画室里认识的第二个同学是同班的张戈，他是一个相貌堂堂、身材健壮的穷学生。他的画架与我的画架距离不远，休息时他常常来看我的作业，我也去看过他的作业。他与我的作风不大相同，他是粗枝大叶的"写意"，我却是比较细致的"写实"。

有一次，他主动和我攀谈："你真细心，我的调子总没有你的调子柔和！"我看见他口气和缓，也就说："不是调子柔和，是人体柔和。"他说："人体不一定柔和，男子汉钢筋铁骨！"我笑着说："哪里有这么多的钢铁啊？"他也笑着对我说："你大概没有读过《钢铁是怎样炼成的》吧？"我承认没有读过这本书，他说："我借给你看，我借给你看！"此后，张戈和我就一见如故了。

张戈原名张谔，江苏宿迁人，和我同年。他说他不喜欢他父亲给他起的这个名字，他想把"谔"字改成"歌"字，问我行不行，我说："你不是喜欢钢筋铁骨吗，就叫张戈吧！"他同意，但始终没有放弃张谔这个名字。他本来是杭州艺术专科学校的学生，因为参加了"八一艺社"而被学校开除，他父亲一怒之下与他断绝了父子关系，也断绝了经济援助，他必须自己谋生。他来到上海后又参加了"南国社"，曾在话剧《莎乐美》中跑过龙套，由于不会演戏，只好又投考上海美专做了插班生，因为交不起40元学费，常常要和学校打交道，常常为了谋生而不上学。

张戈在美专是一个很活跃的人物，很容易接近老师和同学，有时也露出一副顽皮相，学讲地方方言，把上海土话翻译成英语，扮鬼脸，故意惹人发笑。我问他为什么要惹人笑，他说："这是我的保护色！"久而久之，我才了解他是表面顽皮，实际上是一个很规矩的老实人。他和洪叶曾经介绍我参加上海左翼美术家联盟，而且是我的单线接头人，所以过从甚密。毕业后他认识很多上海文化界的知名人士，为我后来画漫画做过多次介绍人，他自己也画漫画。1937年全面抗战爆发后他离开上海赴广州，1938

年上海沦陷后他又秘密地回到上海找我谈话，他说廖承志问我愿意不愿意去延安，我说当然愿意，他要我赶快去香港和廖接头，自己就匆匆回广州去了。同年10月我去了香港，是张戈来接我，我和廖承志接了头，廖说有爱人一定要同去，又说现在交通困难，只能走水路，先去越南，然后转内地。张戈打电报把我在上海的伴侣夏蕾请来香港与我同行，他自己也和我们同路，先到重庆《新华日报》社，一年后也回到延安《解放日报》社工作，我们又时常见面了。新中国成立后我在美术家协会工作时，他也在美术家协会当副秘书长，后来又兼任中国美术馆副馆长，1995年患肺炎去世。他是我20世纪30年代在美专的画室里认识的第二个共产党员。

言归正传，20世纪30年代我在画室里认识的同班同学还有阳雪坞、郑野夫、温百眉、盛此君等等。阳雪坞新中国成立后改名阳太阳，画中国画，经常开展览会，从20世纪80年代到90年代，与我音讯不断，时有往来。郑野夫在美专时成绩最好，毕业时考第一，他和我往来不多，只在一起照过两次相。20世纪50年代末，当时我任美协副主席时，郑野夫任美协副秘书长，20世纪80年代去世。他是我在美专时认识的第三个共产党员。

此外，我还要追忆在画室中认识的两个低班同学。这是两个传奇人物，一个叫黄简，一个叫张杰，都是在观看我的人体素描之后开始和我交往的。

黄简是一个放荡不羁的小伙子，湖北人，理着平头，穿着白衬衣、黄裤子，语言豪放，动作粗野，甚至有些狂妄。他看了我的作业之后，马上伸出大拇指，说：“你的画虽好，可是不如我要交三个学期的学费我就可以毕业。

　　上海美专座落在菜市路底有一座新造的三层楼宇其余都是两层和平房的院落里,其规模和现在北京的普通中学差不多。是菜市路法租界靠近南市的一条又破又旧脏的街道,所以美专临街的三层楼宇,的确好像是鹤立鸡群。

　　西画第二年甲级的画室就在这三层楼的最上一层,画室既宽敞而又南北两面开窗,每个画室里除了模特儿台以外还可以容纳二三十个画架,这对于我这个从内地来的穷学生来说,自然是一个出于意料之外的新天地。

　　西画系二年级的主课是人体素描,教师是当时的代理校长王远勃,听说他的画有力。"他拉着我的胳膊说："你来看看我的壁画，你来看看我的！"一边说一边硬是把我拉下楼，拉到男生宿舍，指着他床头粉墙上用木炭粗线条画的四五个裸体男女说："你看看，你看看！这才是力量、力量，第三个还是力量！"张杰站在我后面冷冷地说："第三个力量就没有力量了！"这句话引起我扑哧一笑，黄简自己也笑了起来。

张杰，江西人，穿一件灰布长衫，长脸、蓬发，瘦削的身材，和黄简的粗壮身材恰恰是一个对比。他冷静、沉默，和黄简的狂热也完全相反。他们是中学的同学、好朋友，一同考进美专西洋画系一年级，同住在一间阴暗的、隔壁就是厕所的、别的同学都不肯住的房间里。

黄简一直拉着我的手说："你画的模特儿不像中国人，你喜欢洋鬼子吧？……你读过马克思的书吗？"他见我没有回答，就接着说："马克思的书是世界上最好的书！"张杰又冷冷地对我说："你不要听他的，一本《资本论》还没有翻几页就说好！"黄简顽皮地反驳："只有没有看几页就说好的书才是真正的好书！"他把张杰推倒在床上，又马上把张杰拉起来拥抱，热烈地拥抱。

我第二次到他们的宿舍时，黄简不在，张杰一见我就说："欢迎欢迎……我们到马路上去散散步好吗？"我和张杰一同走出校门，张在小摊上买了一包花生米，分一半给我，一边走一边吃一边谈话。张杰的话没有离开过书本："你喜欢文学？……你喜欢'创造社'的书？……你喜欢鲁迅吗？……你喜欢高尔基吗？……你喜欢读社会科学的书吗？……"我没有对他说实话，不敢对他说我读过《向导》和《中国青年》，只对他说我非常喜欢19世纪俄罗斯几个文豪的小说。花生米吃完了，我们也就很快地分手了。

过了好几天，我再一次来到张杰的宿舍，一进门就听见一种嘶哑的歌声，闻到一股冲鼻的酒气。只见张杰和衣倒在床上，闭着眼睛在唱歌，唱的是英国名歌《这是一条漫长的道路》的第一句"这是一条漫长的……漫长的道路"，反反复复地只唱这一句。再看那边床上，黄简低垂着头呆坐在那里，用双手支撑着下颌一言不发。我问他："怎么啦？喝醉了酒吗？"黄说："我们吵了架！……我把吵架当娱乐，他可认了真！"我问："为什么要吵架？"黄说："为了看书。他说我三天打鱼，两天晒网，我说我不把读书当作进身之阶，错就错在这里。"我说："这是你不对，你应当认错！"黄简把大腿一拍，抬起头对我说："我认错、我认错，等他醒过来我一定向他赔礼道歉！……我和他是患难之交，患难之交……我们不能分手，不能分手！"

从此以后，因为我自己发生了事故，再没有到他们的宿舍去，他们也再没有到我的画室来看我。之后音讯断绝，只听说他们退学了。40 年后（20 世纪 80 年代初期），当我又回到美协工作时，突然有一天接到从中央党校寄来的署名李一平的来信，问："蔡若虹是不是上海美专的蔡雍？如果是，请把住址告诉我，我过几天来看你。"我赶快写了回信，说明了我的住址。过了几天，这个李一平果然来看我了。我睁眼一看，原来是张杰，他穿一身干部服，头发有些发白了。久别重逢，话是说不完的，我留他吃了一顿午饭。他说他在新中国成立前就参加了工作，结了婚，生了一个女儿，他前一个时期是武汉武钢三个政委之一，现在在中央党校学习。我问他黄简现在何处，他说他也不知道，他老是摇头，大有"往事不堪回首"之态。他和我告别之后，还给我来过几次信，说他调到东北吉林去了，只向我问好，很少谈具体情况。20世纪80年代末，我突然接到他工作单位的来信，说李一平因患脑溢血去世了，我很伤感。他是我在画室中认识的第四个共产党员，是一个从"漫长的道路"走过来的老共产党员！

　　我在画室中认识的几个好友已经说完，最后我要追述我在画室中的一次奇遇。

　　那是一个星期六的早晨，我起床特早，所以去学校也较早。走进校门，空洞无人。走上楼，走廊上也空洞无人。推开画室的门，除了许多画架之外也不见人影。我正在整理画架上没有画完的作业时，一转眼看见在靠近模特儿台的墙脚下放着一大卷纸，我走过去从纸卷中抽出一两张来看，粗糙的纸张，只有传单大小，密密麻麻的铅字上方，赫然排列着"红旗报"三个大字，我又惊又喜，正想仔细看看内容，忽然张戈推门进来，他一见我正在看报，就板着脸对我说："你看什么？……放下，赶快放下！"他见我并不放下，就走过来从我手中夺下报纸，仍然丢在墙脚下，拉着我的胳膊走出画室，走下楼，走出校门，一直走到斜桥附近无人处，才开口对我说："你怎么这样不懂事？"我反问他："为什么不能看？"张戈回头看看无人，才说："要是有人说这些报纸是你带来的你怎么办？"我说："如果是我带来的我何必又捡起来看？"张戈大声说："谁和你讲这些道理！谁和你讲道理！"我见他生了气，就说："不看就不看算了！"张戈说："我是保护你呀……你上学不久，不知道学校的复杂，有'三青团'，有特务……你以后上学不要太早好不好？好不好？"我想：你为什么也来得这样早呢？但没有说出口，心里有谱也就算了。

　　这一天，我非常兴奋，非常鼓舞，因为我知道画室里既有送红旗的人，也有向往红旗的人，画室里的青春与红旗同在，这难道不正是 20 世纪 30 年代上海这个大城市与农村遥相呼应的时代特色吗？

关于《红背心的罢工》

小小的「红背心」的罢工，居然使所有的马路发霉发臭；小小的「红背心」的罢工，居然使地球生了疥疮，不断地腐朽，不断地流脓淌血！

　　1931年上半年，我进入西画系三年乙级，也就是我在美专上学的第二学期，我随着表哥搬家到法租界亚尔培路附近的道生里一间狭小的亭子间里居住。在亚尔培路与霞飞路交界的转角处，有一座出了名的回力球场。这是一个很时髦的赌场，也是一个比较热闹的场所，打球的球员都是西班牙籍的身体非常健壮的中年汉子。每当华灯初上的时刻，铃声与乐曲偕鸣，赌棍与财迷满座；球员卖力，小球与众目齐飞；彩票悬心，笑语与惊呼交错。那种纸醉金迷的气氛，的确显示了这个"冒险家的乐园"的本色。这个赌场不要门票，我也曾几次去那里观光，我所注意的是那些穿着一身雪白的运动服的外籍球员，他们的身材和打球的动作确实都非常健美。

　　我每天提着油画箱上学，都是步行，从来不坐公共汽车，一边走一边看路旁的风景，已经成为我日常的生活习惯。

　　从霞飞路、拉斐德路，转入贝勒路再转入菜市路底（上海美专的所在地），是一条条从富裕、高贵、清洁，逐渐转入贫寒、简陋、拖泥带水的道路。如果把霞飞路与菜市路两相对比，那么霞飞路是大公馆、大商店、大酒楼、大旅馆的集中之所，而菜市路则是小住宅、小商店、小饭铺、小旅馆的集中之地。所以每天我所走的路，就是先从上层走进下层，再从下层走回上层。对于我住的狭小的亭子间和我工作的宽敞的画室来说，我又是每天从下层走进上层，再从上层走回下层。我每天就徘徊在一会儿由上而下，一会儿由下而上的反复转变之中，我俯仰人间、瞻前顾后，我上下求索、忆旧思新，我恍惚是一个冷眼旁观而又虚怀若谷的落魄诗人！

　　马路上，有不少专门打扫垃圾的工人，现在，我们称呼为清洁工，在当时的上海，却称为清道夫，又称为"红背心"，因为这些工人都穿着一件很不合身的红色的背心。其长过膝，其肥大容纳得两个腰身，实际上这不是衣服，不过是披在清洁工身上的一块背心形状的醒目的红布而已。红布的背后还有白色的数字，这是清洁工的标志。的确，"红背心"本身就是一个标志，它的目的是向马路上来往的车辆提出警告（不要撞到他），别无其他的作用。

记不清是哪月哪日，总之是一个由冷转热的季节，"红背心"突然罢工了，而且罢工的时间很长，坚持了几个月之久。这么一来，法租界所有的马路就渐渐地变了样子，本来是零零碎碎铺在马路上的垃圾，就渐渐地由点变成了线，渐渐地由线变成了面，渐渐地由面变成了堆，无论大街小巷、弄堂过道，都变成了铺满垃圾的肮脏世界。这些垃圾不但改变了道路的颜色，而且改变了路上行人走路的姿态，人们走路都不是走直线，而是选择垃圾较少的地方绕来绕去地走，一蹦一跳地走。

这恐怕是谁也想不到的，小小的"红背心"的罢工，居然使所有的马路发霉发臭；小小的"红背心"的罢工，居然使地球生了疥疮，不断地腐朽，不断地流脓淌血！

我每天上学和回家，都是绕来绕去一蹦一跳地走，本来喜欢在马路上看风景的我，只能把两只眼睛盯在垃圾上面。我逐渐发现，这些成堆的垃圾好像一本大书，一本有着丰富内容的大书，一本记载着上海人的生活现象和生活本质的大书，走路的人们都不愿意对这些垃圾多看一眼，但只有我一个人是这本大书细心的读者。

走了几个来回，我就发现在这些垃圾里面存在着两个不同的世界。在霞飞路与拉斐德路一带，垃圾中最多的是废纸，白色的、黄色的、褐色的包装纸（那时根本没有塑料袋）。夹在废纸中比较突出的东西，是京剧院的剧目和电影院的说明书，是空的罐头盒子、鸡蛋壳与破碎的外国酒瓶，是猪骨头、鱼骨头以及各种家禽的残骸。这些垃圾都说明了生活的优越、富裕与奢华。而在菜市路一带，垃圾就完全变了样子。除了废纸以外，最多的是青菜叶子和破碎的布条，另外就是廉价的纸烟盒子与火柴盒子，还有成堆的煤渣与黄土，间或还有一些破砖碎瓦之类的废品。这些垃圾也说明了生活的寒碜、贫困与无可奈何。我面对着这两种不同的垃圾发呆，我感叹在阶级社会中连垃圾也有阶级性，我感叹着在贫富悬殊的社会中连垃圾也有穷垃圾与富垃圾之分。这些令人触目的生活本质的暴露使我有动于衷，我想到了我的本行，引起了我画漫画的创作愿望，我认为这两种不同的垃圾，正是视觉形象表现的难得的题材。

只要创作的念头一产生，我就兴奋起来，很久没有创作，现在应该动动脑筋了。回到亭子间，躺在床上冥想，我首先想到的是作品的标题，我想直截了当地就叫做《红背心的罢工》好了。其次想到构图，我想红背心和两种不同的垃圾是画面上的重心，不要画穿红背心的人，只要画出一件空洞的红背心就可以把罢工衬托出来了。

于是，我赶快起身，找了一张32开大小的白纸，先画好一个长方形的外廓，然后用朱红的水彩颜料在外廓中画了一件红色的背心，这红背心在画面上占了三分之二的位置，作为作品的底色。其次，我再用钢笔蘸着黑色的墨水在画面上（也就是红背心上）画了一棵街道树，树的根部左右两旁画了两堆垃圾，一堆垃

　　坂中有酒瓶、空罐头、猪骨鱼骨之类的突出物，另一堆垃圾中只有菜叶、破布、煤渣、破砖碎瓦之类的废品。我用粗线条画大树，用细线画出垃圾的细节。就这样，红黑对照，色彩鲜明，粗细区分，形象突出，这幅漫画就在一种"自我欣赏"的愉快情绪中完成了。

　　我没有在作品中署名，只在画面上画了由 CY 两个英文字母组成的像建筑工地上的脚手架似的符号，我那时的学名叫做蔡雍。第二天，我把这幅漫画带到学校，张戈没有上学，我把作品直接交给洪叶，问他能不能在他主编的墙报《街灯》上发表，洪叶把作品拿在手里看了又看，笑眯眯地对我说："你很敏感，你很会就地取材……我一定在下一期《街灯》上发表，再等两三天你就可以看到。"他说到做到，谁知道这一发表，几乎酿成了一场弥天大祸。

　　就在《红背心的罢工》发表的第二天上午，张戈把我从画室拉到走廊上，悄悄地对我说："你知道吗？《街灯》开了天窗（那时候发表在报刊上的稿件被检查者临时抽掉的空白处叫做'开天窗'），你的漫画被教务长没收了！"就在这天中午，洪叶把我从学校里拉到马路上散步，走过了一条马路，他才对我说："你的《红背心的罢工》叫教务长拿走了……这家伙不讲理，硬说这是共产党的宣传，逼着我说出作者的姓名，我说这是外来的投稿，没有署名，不知道作者是谁……这家伙拍着桌子说：'你们是一伙，是一伙，哪有不知道姓名的道理。'这时候，恰恰有两个穿西服的客人来找他，他才不得不让我走出他的办公室。"我听了洪叶的这些话，心中好不自在，仿佛又回到了白色恐怖的年代。洪叶又对我说："不管它，你不要生气，这家伙很反动，以后这样的事情还多着哩。"

　　回到亭子间，我越想越生气，满街的垃圾在上海人眼前展览了很多天，怎么一画出来就成了宣传呢？这家伙太可恶，我可饶不了他！

年少气盛，我很快地写了一首长短句的新诗，写在同样大小的白纸上，其中的字句直到现在我也没有忘记——

你——像煞有介事——把你的权威——对付——一张满满的纸——那自然容易——很容易的事体——可是——埋藏在内心深处——我的思想意识——是——铁钳也拔不出的——即使你——捶破桌子——也白费气力！

这首诗的标题，就用《铁钳也拔不出的》，仍然没有署名，连符号也没有写。我把这首诗又交给了洪叶，洪叶看了诗后说："我早就猜想你是个'马派'（指苏联当时的诗人马雅可夫斯基）。我再试试看，试试看，这家伙看了准定又拍桌子！"

洪叶做事很果断，他把这首诗贴在《街灯》开天窗的地方；这么一来，引起了很多同学挤在墙报前面观看。

事情一下子闹大了，在这首诗发表的第二天，《街灯》又开了天窗。我有好几天没有看见洪叶，张戈很不高兴地对我说："你以后做事要先同我商量。"

记得是一个星期六的中午，我在学校的门口遇见了洪叶，他又拉我去散步，这一回我们走了很远，他都没有开口。直到走到一个行人稀少的地方，他才对我说："这家伙又拍桌子了，怒气冲冲地对我说：'你又不知道作者是谁是不是？……我不知道作者可知道你……你们是一伙……你要放明白一点，学校可以开除你。'这家伙喋喋不休，逼着我表态，我只好说以后再不发表这一类的作品了，他才让我出门。"这一回洪叶脸上没有笑容，他反复地对我说："这家伙你别看他表面上斯斯文文，发起脾气来可像一头野兽……今后你我都要策略一点，不要感情用事，不要与个别的坏家伙作对，要从大处着眼，要顾全大局。"他的话我完全同意。

就在这一年放暑假之前，张戈拿着一张很小的表格要我填，他说，他和洪叶两人介绍我参加上海左翼美术家联盟，这是党的外围组织，不公开，不要对别人说，只有他是我单线的联系人，填了表就算组织批准了。表格上只有本人姓名与介绍人姓名两栏，我很快在表格上填上姓名就交给了张戈。

我心情舒畅，了却了积累多年的心愿！

看来坏事变成了好事，我的《红背心的罢工》与《铁钳也拔不出的》都没有在墙报上站住脚，反而成了我参加党的外围组织的志愿书。我好像一叶在大海里漂泊多年的孤舟，在惊涛骇浪中突然找到了一个可以靠岸的码头。我有了落脚点，我有了归宿，我已经不属于个人，而属于一个有活力、有朝气、有崇高的信念、有无限光明前途的革命集体！我的确喜出望外！

我写到这里，关于《红背心的罢工》本来可以结束了，但为了说明前因后果，我还要补充两点。其一是，经常在洪叶口中带出的"这家伙"的教务长到底是一个什么人物呢？他是一个留法多年的文人，既精通法文，中文底子也很扎实，他在上海美专当教务长，又教三年级的艺术概论。从表面看是一个文质彬彬的白面书生，高高的身材，西装整洁，头发梳得溜光，戴一副近视眼镜，说起话来满口法语词汇，俨然是学者模样，可是他的思想却很糟糕，既反动又低级。"九一八事变"发生后，整个上海哗然，美专的东北同学要求罢课，这个教务长不但不答应，而且极力反对，在和东北同学的吵闹中破口说出了一句"你们这些亡国奴"，惹得东北同学大怒，挥以老拳，并叫喊"你是哪国人？"，这家伙经不起打，拔腿就往校外跑，同学们跟在后面追，一边追一边叫喊"打死这个亡国奴，揍死这个亡国奴"！这一场追打的确打掉了教务长的威风，这以后他再也不敢对同学们作威作福了。新中国成立后，他专门从事法国文学名著翻译，出过好多本书，由于译文流畅，很受读者欢迎，于是声名大噪。我这里姑隐其名，可是对于他早期的反动思想，我丝毫也不原谅。

补充的另一点是，1932年年底我快要毕业的时候，洪叶突然被捕了。这对我是一个很大的打击，我曾经和同学们一起到枫林桥上海市政府去请愿，要求释放洪叶，也曾经到法租界薛华立路的法院去旁听，打听审判洪叶的情况，出庭时，我看见洪叶的脸上都被打肿了，心里十分难受。当时洪叶的辩护律师是爱国人士沈钧儒老先生，他慷慨陈词，说在洪叶家里搜出的宣传品是巡捕自己带进去的，这一点恰恰被洪叶看见，可是巡捕房拒不承认，硬把洪叶关了一两个月。洪叶被捕的同时，上海美专马上将洪叶开除，并且勒令洪叶今后不准踏进校门。这种穷凶极恶的行为，令我怀疑洪叶被捕与教务长有关，与《红背心的罢工》有关，后来我没有与洪叶再见上一面，这件事我一直耿耿于怀。

1935年初夏，洪叶从日本回到上海，我到码头上去接他，连续多次和他谈过话，我追问他在上海被捕是不是学校告发的，洪叶说："你还记得这些事，别管它，笑到最后是最好的，你要看是谁笑到最后！"

马路天使

我认为「人体美」并不只存在于肉体本身，而是从人体外部的动作、姿态、表情中体现出来自内部精神气质的美、智慧的美、思想与情操的美。

　　"在马路上谈天比坐在屋里谈天保险。"这是每次邀我去逛马路的张戈的口头禅。事实也的确如此，洪叶和我谈话总是在马路上，张杰问我喜欢读什么书也是在马路上。在马路上谈天带有自由自在的"即兴式"，触景生情，随机应变，可长可短，时断时续，这都是在马路上谈天的优点和特点。可是张戈除了口头禅之外，还有一本曾经在我耳边念叨过的"马路经"，比如："经常走马路的人在全世界占多数"，"马路与亭子间是手拉手的同胞兄弟"，"马路上的各种风景是城市生活的各种表情"，"马路是一本记录着人类悲欢离合的念不完的大书"……这些话都是张戈今天一句、明天一句，零零碎碎地说出来的，听见这些带有诗意，带有象征意味的话语从一个从来不谈诗、不务虚的实干家的口中说出来，也引起了我对他、对马路的好感。谁料到张戈在念完这些"马路经"之后，还有一段令人不解的尾声，他笑着拍着胸脯对我说："我就是马路天使，我经常带着弓箭在马路上飞来飞去，当我发现马路上有一个敞着胸怀的（有心）人，我就瞄准他的心窝射他一箭！"我问张戈："有心人是什么人？""射他一箭是什么意思？"张戈不回答，只是笑嘻嘻地"顾左右而言他"。

　　"马路天使"这个名称，本来是上海文人口中专指在马路上卖唱的歌女、在马路上拉客的妓女这些悲惨女性而又对她们加以美化的代名词。张戈借用了这一名称，却撇开了悲惨的人间疾苦，硬是把西方古代神话中那个长了两个翅膀，光着屁股，带着弓箭的天真烂漫的天使，与现代上海经常在马路上晃荡、在马路上念经的穷光蛋撮合在一起，这个穷光蛋还莫名其妙地向马路上的有心人射一箭。这种异想天开的技巧，的确是张戈巧妙的艺术创造！

我和张戈经常逛马路并不是漫无目标的乱跑，路的远近、步行的快慢、说话声音的大小，都要以路上行人多少与谈话是否方便为转移。如果话没有说完，我们又常常把终点当作起点地兜圈子，比如从霞飞路出发，经过马斯南路、环龙路、吕班路，又回到霞飞路再走一遍。但是在比较幽静、行人很少的地方，我们就走得较慢，说话的声音就较大，而且说话也比较连贯。人多的地方我们就走得较快，说话的声音较小，而且时断时续。这已经成为我们的习惯，不必互相关照，两个人配合得非常默契。

这一天，是我在上海生活中非常重要的一天，是我填了表参加上海左翼美术家联盟的第三天下午，张戈和我在马路上谈话时间较长，整整兜了三个圈子。先是默默无言地走过霞飞路，走到比较僻静的环龙路时，张戈才开口和我谈话，他郑重其事地对我说："你要记住，从今以后我是你和'组织'接头的唯一联系人，洪叶不是，别人都不是……从今以后，你要听从我的话，遇事先和我商量，不要感情用事，不要独断独行……从今以后，你就不完全属于自己，你已经是'组织'的一个细胞，你要处处为'组织'着想，你要顾全大局，不要在细小的事情上打算盘……从今以后，你也要学会保护自己，保护自己也就是保护组织，也就是保护我们自己的理想，我们是凭同一个理想走到一块儿来的，理想是我们的生活目标，理想是我们的命根子！"说到这里，张戈满脸通红，显然有些激动。我明白他是代表组织跟我谈话的，也很兴奋，只是听他讲，只是默默地点头。

张戈停顿了一下，习惯性地前后左右瞄瞄，继续说下去："你今后要学会保护自己，你和洪叶都不会保护自己……你画的《红背心的罢工》很好，很及时，尽管标题太露，可是不用这个标题就看不懂……你写的《铁钳也拔不出的》就不好，太露……你事先不给我看是不对的，给我看我就不让你给洪叶发表，险些惹出一场大祸……你以后写诗也好，画画儿也好，一定要先给我看，先和我商量……你要听我的话。"

我看见张戈又停顿下来，就问他："你说的'太露'是什么意思？"张戈说："嘻！这都不懂，露就是露出真相、露出蛛丝马迹，这总该懂了吧？说话哪里要说得那么完全、那么清楚明白，听听口气想想下文就得了。"这时我们走过一家成衣店，张戈接着说："穿衣穿得体面一些对我们大有好处，在上海只有衣服最能代表身份。你有几套西服？……两套，这比我好，我一年四季只有这一套藏青哔叽，只能暂时遮遮丑……你喜欢打白色的大领结，惹人注意，这也不妨事，顶多说明你是个徐派艺术家（徐悲鸿年轻时常常打大领结）……你那件浅红格子的画服也很特别，只能在画室里穿，不要在马路上穿，总而言之，不要太露……洪叶老喜欢打一条鲜红的领带，很不好，我劝他他不听，你看吧，总有一天要出问题！"

马斯南路是一条很僻静的马路，路侧有座男子监狱，这是张戈早就对我说过的，他说有一个同他一起在杭州被开除的同学来上海后就被关在这里。我们走近这里张戈就对我说："今后我对你说话，有些话要用代号。"他指着监狱地下室的铁窗说："这不叫监牢，叫学校，如果某某被捕了，我就说某某进了学校。"我问张戈为什么不用别的代号，偏偏要用学校这个名称，张戈说：

"你哪里知道，在监牢里也可以学到很多外面学不到的东西。"接着他又说："国民党不叫国民党，叫臭皮蛋！共产党不叫共产党，叫医院！如果你听我说某某进了医院，就说明他是一个同志！"这些话很新鲜，引起我听他说话的兴趣。

当我们走到一个报摊附近时，张戈又对我说："上海的报纸说真话的很少，说假话的很多，特别是那些小报专门造谣生事，影射某某是危险分子，某某拿卢布……实际是给上层通风报信，无事生非，从主子口里讨一碗残羹剩饭……你不要看小报，看了一定生气。"

张戈说到这里，好像突然记起什么似的对我说："对了，你喜欢在西服口袋里放书，洪叶说他从你口袋里掏出过一本诗集，我也从你的口袋里发现过一本《幻洲》（《幻洲》是"创造社"后期的小伙计潘汉年、叶灵凤合编的一本小小的文艺刊物）。口袋里放书是我们这些人最愚蠢、最无知的蠢事，是自投罗网。不但不要带书，最好一切带有文字的东西都不要放在身边。这一点你千万要牢牢记在心上！"

我说："我口袋里的书都是书店里可以买到的，《流冰》和《幻洲》都是在四马路的现代书店买的，这有什么稀奇？"

张戈说："嘻，你真会讲道理！你要晓得，有意和我们作对的人是不听道理的，上海是一个不讲道理的世界！"张戈偏过脸来看看我的脸色，又接着说："你以为我没有看过《幻洲》吗？我看过不止一本两本，是一本又好又不好的书。一方面有'象牙之塔'，一方面又有'十字街头'。一方面有'粉面朱唇'（这是鲁迅讽刺叶灵凤的名句），一方面又有'水番三郎'（这是潘汉年的笔名），两种不同的人物合编一本《幻洲》，鲜明的对立统一，鲜明的辩证法……你看你又笑……我说呀，我说整个上海文坛就是一本《幻洲》……不……整个上海就是一本《幻洲》，《幻洲》是上海今天的自画像！"

不知道吃了什么药（这也是张戈的口头语，他一看见我高兴就问我吃了什么药），这个"马路天使"今天特别兴奋，话多，警句也多，是不是怕我不愿听就故意迎合我，为了引起我的兴趣而说给我听的呢？我又想，就算是故意也好，他了解我的爱好，他是我一个难得的知音！

我兴趣正浓，他余音不绝，又对着我的耳边说："在马路上走路，腿是奴仆，眼睛是主宰，在马路上可以遇见各种各样的人。"他指着前面一个戴着斗笠形帽子的安南巡捕的背影说："这种人并不可怕，他们和英租界的红头阿三一样，专门欺负黄包车夫，借口车夫犯规，向车夫勒索钱财。他们要钱并不多，两毛三毛就可以打发过去，他们都是失去了祖国的可怜虫！"（安南是越南过去的名称。越南过去是法国的殖民地，上海法租界的巡捕都是安南人。就和英租界的巡捕都是印度人一样，印度过去是英国的殖民地，印度巡捕的头上都缠着红色的包头，上海人把印度巡捕都叫作红头阿三，这是一种贱称，其实上海租界也是外国的殖民地，上海人与红头阿三的区分，也是相差无几的。）

"你要注意，可怕的是'钉子'，这是上海租界巡捕房雇用的密探，上海人叫他'包打听'，和"臭皮蛋"手下的特务差不多。这是那些歪戴着帽子、嘴上叼着一支香烟，两只贼眼东张西望的本地流氓。他们表面上是侦察强盗绑票匪，实际上是专门侦察我们这些人的猎狗……你要知道，'臭皮蛋'把我们归入匪类，他越是把我们的名声说得低贱，老百姓就越是把我们看得崇高。从反面看人，是善良人的处世经验。"

张戈停顿了一下又接着说："在马路上走路，两只眼睛要特别机灵，一发现'钉子'，就躲开他的视线……你喜欢在马路上想心思，呆头呆脑，这不好，惹人生疑心，你以后要改变形象，不要在马路上作诗！"

张戈教我一种躲开"钉子"视线的办法，这就是不走马路，而专门走弄堂，因为上海有些弄堂前门面临一条街，后门又面临另一条街，走不多远，又可以从另一个弄堂的前门走进，后门走出，这样地走进走出，可以穿过好几条街。张戈的话引起了我的好奇，我自己单独试验过几次，果然很方便。

张戈又对我说："你以后要学会保密，不要把住址随便告诉别人，如果有人问你，你就说住在很远的亲戚家里好了。你也不要问别人过去的历史，免得别人反转来问你，你千万不要把自己过过流浪生活告诉别人。"

说到这里，我们快要走完两圈了。看看又到了马斯南路，张戈又打开了话匣子："敌人对付我们有两种办法：一种是利用'钉子'，你小心不要被他钉梢，特别是在回家的路上。一种是利用钓饵，引你自动上钩。这种钓饵多半是一些文艺团体，故意起一个假冒进步的名称，实际上也是要你自己暴露老底子，这种文艺团体我们学校也有，比如石××办的'春牛画会'，名字很时髦，可是那个石×× 行动很怪，可能是个危险人物，他画得好，又敢于和王远勃作对，可是学校又没有开除他，……你千万不要加入那个画会。"

张戈这几句话好像有针对性，像一把刀子刺进我的心里，他怎么知道我的心思呢？我的确喜欢这个姓石的高班同学的画，他把他的一幅油画风景放在学校大门外美术用品社的橱窗里，画得非常优美，我的确想加入他发起的"春牛画会"。现在听见张戈这么一说，不免大吃一惊，我对社会经验十分丰富的张戈，简直心折不已。

然而，张戈的话也有我很不心服的。在两件事上我曾经和他发生过对抗。其一是在马路上常常有衣服破烂的老人或小孩伸手向我们讨钱，我也经常两毛两毛地给钱，张戈一看见我掏口袋就生气："小布尔乔亚的人道主义，没有办法、没有出路的人道主义！"我不服："两毛钱对我不算什么，对他也许是可以吃一顿饱饭！"他马上接着说："是一顿，不是无数顿呀？"我更不服："有一顿比没有一顿好呀！"就这样，我们就轻声细语地在马路上吵起来，往往弄得不欢而散。另一件事是张戈最讨厌我皱眉头的习惯，他老是重复地说："一个有理想的人应该是乐观主义者，有什么事值得愁眉不展呢？"我说："我皱眉头的习惯是从 16 岁做亡命之徒时开始的，现在改变不了！"他马上反驳："世界上没有不能改变的东西！"我说："要我改变，除非，除非世界毁灭！"……就这样你一句我一句地对抗，也弄得大家心里都不舒服。

张戈说的话句句有理，我心里很高兴，只有在听到"钉子"和"危险人物"的时候又不知不觉地皱起了眉头，张戈发现后马上说："你看，又皱眉头！又皱眉头！"我说："皱眉头是心里有仇恨的标记，大仇未报，我是不会展开眉头的！"张戈马上说："参加革命并不是为了报仇！"我不服，顽强地对抗："就是报仇，就是报仇，为一切被压迫者被剥削者报仇！"张戈看看我又要对抗到底的架势，连忙换了口气说："好吧，就算是报仇吧……可是你要明白，你现在已经不是过去的你了，你已经参加了报仇的组织！"我不肯罢休地说："你说得好容易，离报仇还有十万八千里！"张戈笑着说："没有那么远吧？为你报仇的人远在天边，近在眼前！"我说："天边有什么？眼前又有什么？你说你说……"张戈又露出了一副顽皮相，慢吞吞地说："要我说我就说，先说远在天边的，你听好呀，一、二、三：井——冈——山！"他看见我笑起来了，又马上补充一句："这一箭我总该射中了吧！"

想起了他早就说过的"射他一箭"，我恍然大悟。

悲惨的『人体美』

我认为『人体美』并不只存在于肉体本身，而是从人体外部的动作、姿态、表情中体现出来自内部精神气质的美、智慧的美、思想与情操的美。

"人体美"是一个外来名词,初见于 1919 年五四新文化运动兴起时的文艺杂志上,流行于 20 世纪 20 年代美术院校开始实行人体写生的技术教学之后。我第一次看见的关于"人体美"绘画作品,是考进省立第六师范学校以后,在图书馆墙壁上挂着的四幅人体习作。初见之时,在一个只有 13 岁少年的心目中,只觉得这用粗糙的木炭画出来的女性的健壮身体,与我经常见到的纤细的古装仕女有天壤之别,根本没有什么美感。"人体美"到底美在何处?这是我多少年来藏在心里但没有说出来的一个问题,也是一个在报纸杂志上从来找不到答案的难题。

我生长在一个破落的所谓"世代书香"的家庭,经济上的贫困与文化生活的富裕这鲜明的对立统一,正是这种带有书香的破落户所独有的特色。我的家庭别无长物,有很多古书,也有不少的新书。我的父亲是一个没有赶上"科举"的布衣秀才,赋闲在家,整天以读书看报度日。我的母亲是一个自幼女扮男装、读书知礼的宦门小姐,在我从摇篮到学步的儿时,她常常把唐诗当作儿歌唱给我听,是一个心胸开朗对我特别疼爱的母亲。我有三个哥哥和两个姐姐,八口之家全靠三个哥哥在中学、小学教书的工资维持生活。三个哥哥的年纪比我大七八岁到十三四岁,都是文学艺术爱好者,都是诗词书画样样精通的能手。他们经常把他们所喜爱的报纸杂志比如《东方杂志》《小说月报》,"天马会"主办的艺术副刊之类放在书房的桌子上,这些就成了我这个小弟弟的经常读物。我自幼热衷于诗词与绘画的学习,也是在二哥与三哥的指导与自学相结合下成为习惯的。总之,我就是在这种带有书香的破落户的家族长大成人的。

　　必须郑重说明，1919年兴起的"五四运动"（开始时是爱国运动，接着是新文化运动）是一个风靡全国、无比伟大的运动，是培养了我们这一代人的新文化知识、艺术修养、兴趣、志愿、理想的时代保姆。在空前未有的新学与旧学之争中，新学占有绝对优势而且取得了最后胜利。我的家庭完全接受了当时盛传的新学即西学、西学即科学的说法。尽管这一逻辑未必完全正确，但马克思主义是这一运动开展时进入中国的，中国共产党是这一运动开展时诞生的，许多新文艺、新艺术团体如"创造社""语丝社""文学研究会"是这一运动开展时出现在我们古老的神州大地上的，许多新文化、新艺术的书刊在这一运动开展时几乎占领了所有的学校、书斋和书店。在我家书房的书架上，不但出现了康白情的《草儿在前》、郭沫若的《女神》和《星空》、冰心的《繁星》和《春水》，还出现了鲁迅的《狂人日记》《呐喊》与《彷徨》，还出现了《向导》和《中国青年》（共产党的刊物），也就是在"五四运动"开展时期，我所欣赏、我所仰慕、我所追求的。只因"新文化"三个大字，我很快地撇开了《红楼》《三国》和《水浒》，换上了《小说月报》《创造季刊》和《东方杂志》，很快地丢开了五言、七言的旧体诗词，换上了"啊呀啊呀"的白话诗写作，很快地抛开了古装仕女画的习作，换上了不穿衣服的"人体美"的临摹。更值得提出的，当我把这些异性的裸体画钉在书房的板壁上时，戴老花眼镜的父亲见了，居然没有一声叱责，母亲和哥哥们看了，反而点头赞赏。这一切都说明了"五四运动"的普遍和深入，它呼唤了30年代的红军万里长征，呼唤了抗日战争和解放战争，呼唤了1949年光芒四射的中华人民共和国的诞生。它在全国人民心目中为长征的结束、为抗战的胜利、为共和国的诞生，预先做好了思想准备工作。

从 12 岁到 16 岁，我唯一的生活实践是读书，而且是狂热地读书。新出版的文学书籍和画册，以及报纸杂志上的插图和画页，是我日常攻读的主课，学校里的课本反而成为勉强应付的对象。我把"天马会"主编的《艺术周刊》汇集成册，自己装订，自己设计封面，作为攻读艺术的参考。我把丰子恺的《子恺漫画》当作为诗创作的漫画范本，天天埋头创作。作品积少成多，不到两年，就装订起一百余幅的漫画集子，从北京回到家乡的好友谭且炯见了，为我画了一个彩色的封面，题名为"上弦月"。

少年好学，遇事喜欢寻根问底，我常常翻书翻报，找不着答案时就只好自问自答。"人体美"到底美在哪里？"巧笑倩兮，美目盼兮"不过是女性的赞歌，谈不上"人体美"。我翻遍了《艺术周刊》，同样找不着答案，只好自己琢磨。我琢磨的唯一根据，是希腊神话的插图和意大利文艺复兴时期的人体画和雕塑，这些图片中的人体的确好看，我反复观摩，自己琢磨出来的答案，前前后后有这样的几个。

首先，我认为"人体美"美在健康，畸形和病态与美无缘。贾宝玉欣赏林妹妹的病态美，这不过是他自己病态心理的反映。凡是思想健康的人，绝对不会欣赏病态和畸形。

其次，我认为人体之美是美在劳动。劳动是产生力量与智慧的源泉，劳动是人类创造世界的动力，劳动是从野蛮发展到文明——物质文明和精神文明的推进器。造型艺术最先表现的是劳动，米勒的《播种人》与《倚锄人》，库尔贝的《采石工人》，列宾的《伏尔加河纤夫》，珂勒惠支的《耕》，我国古代的《渔、樵、耕、读》都是表现劳动的最好的范本。

最后，当我浏览了更多的人体画与雕塑图片之后，我认为"人体美"并不只存在于肉体本身，而是从人体外部的动作、姿态、表情中体现出来自内部精神气质的美、智慧的美、思想与情操的美。一句话，是突显在肉体上的灵魂的美，是灵魂中的真、善、美三者的有机结合。离开了真实与善良，美就根本不能存在。

老实说，我就是怀着以上这些自问自答的答案来投考"人体美"的发源地——上海美专的。

我在上海美专一共接触过 5 个模特儿，两男三女，都不知道他们的姓名。最先接触的女模特儿三十岁上下，双腿奇短，面孔扁平。据说，她曾经在"大世界"游乐场当过"玻璃杯"（女茶房的土称），为人"不三不四"（不正派的土称），脸上常常出现一种邪恶的微笑。她非常在意那些第一次看见异性的裸体，生理上起了变化的男青年那种慌慌张张的神情，她脸上就马上出现了那种邪恶的微笑。我认为，她是上海那种饱受污辱，又把污浊的微笑抛向别人的女人，非常讨厌她。她的身材和灵魂在我的眼中都不合格。

第二个女模特儿是一个身体尚未完全发育的少女，黑而瘦，显然是农民出身。她很羞怯，可能是不得已才做模特儿的。我总不忍心画她，可是同学们都对她有好感。

第三个女模特儿大概有四十来岁，健而肥，也可能是个体力劳动者。她有一种罕见的、坦白无私的态度，脱下衣裳与不脱衣裳一样地自然，摆姿势与不摆姿势一样地随便。休息时穿好衣裳后她喜欢在同学们的画架前穿来穿去，一口江北口音指指点点地说谁画得像谁画得不像。同学们都喜欢画她。

两个男模特儿中，一个是三十多岁的本地人，拘谨，有病态，萎靡不振。我很少画他。另一个好像是山东大汉，长脸，平头，身体结实，胸部、臂部、腿部都有鼓起来的肌肉，显然是经历过长期的体力劳动锻炼的。他也有一副与众不同的表情，沉默、坚定、刚强，摆出姿态后纹丝不动，休息时穿上衣服就马上走出画室，不与任何人打招呼，有一种"我和你们不是一种人"的劳动者的傲岸。我和同学们都喜欢画他。我有好几幅受到同学们表扬的人体习作，都是按照他的真实形象画出来的。

我在人体写生时有一个习惯，就是自作主张地修改模特儿的外形。腿短的我就把他（她）拉长，太胖的我就给他（她）减肥，面容不够端正的我就给他（她）整容。这种习惯的养成可能是自己心里早已有美的标准的缘故，我不能修改别人的灵魂，只好在外形上进行修改。我这个习惯很快就被同学们发现了，男同学只看画，不评论。女同学中有一个经常来看我的习作，笑嘻嘻地对我说："侬画格模特儿比模特儿本人漂亮！"这是我所听见的唯一的赞扬。

在这里，我必须提到我的两个老师。一个是王远勃，他是一个严肃的、开明的、沉默寡言的老师，他一发现我修改了模特儿，只对我脸上望一眼就不声不响地离开了。另一个是留法 10 年的范新琼，她是一个非常热情的老太太，除了她的短发、西服、高跟鞋之外没有一点洋气的好老师。她一次又一次地发现我修改模特儿后，就偏着头对我说："看起来你蛮老实，可是画画儿不老实！"我问为什么，她说："你对模特儿不忠实！"我本想说："我对模特儿不忠实正是因为我对'人体美'的忠实。"但没有说出口，我怕损伤了这个好心肠的老师的心，于是我改口对她说："我一定改变。"但是不久之后，我对法国大画家马蒂斯的色彩很感兴趣，就开始抛开学院派的精雕细刻，把细眉细眼的模特儿画成浓眉巨眼的褐色蛮女，并加上大红大绿的背景。我这幅画被刚刚从法国回来的刘海粟看到了，他大为赞赏，并邀我到他家里去看马蒂斯送给他的画集。可是范新琼看了这幅画，却皱着眉头说："你是这样改变的呀！……你这个人，是不是甜酸苦辣都爱吃？"我上了刘海粟的"当"，我对范老师说："是呀，我连苦的辣的都爱吃！"从此以后，范老师再也不到我的画架前面来看画了！总而言之，我画不美的"人体美"是经历了一番挫折的。

谁知道，更大的挫折还在后面。

也是三年级第二学期，有一天，王远勃老师带了一个穿大红舞衣的外国妇女走进画室，他对同学们作了一个简短的介绍："先画穿衣服的模特儿两个星期，然后再画脱衣服裸体的模特儿。"据说，这是一个白俄的舞女，年纪不小了，淡蓝色的眼珠和淡黄色的头发，只适合在灯光下看的化装白天看起来分外难看。王老师用法语和她谈话，要她摆一个斜坐的姿势，她很听话，只试一两次就摆好了。她的舞衣比她本人漂亮多了，上窄下宽，做喇叭状，下摆镶了三四道波浪式的皱褶，一直掩到脚尖，红光闪闪，是中国的缎子制成的。

画惯了裸体的同学们第一次画大红舞衣，都很兴奋，移动画架、准备调色板的人明显增多了，画室里寂静无声，大家埋头作画，与其说是画外国模特儿，不如说画大红舞衣更合乎事实。

　　一幅油画画两个星期足够了。第三个星期一上午，王远勃老师要白俄舞女脱下舞衣，先用法语加英语，后来又打手势，这个白俄舞女似懂非懂地不肯脱；王老师又打手势做脱衣状，她才勉勉强强地将外面的舞衣脱下，里面还有一件背心式的白色罩裙和三角裤，她再也不肯脱了。向来对别人尊重的王老师改变了故态，非常坚持，一定要她把衣服脱光，她也坚持，只是摇头，不断地摇头。这样互相坚持地过了几分钟，她突然站起身来，拾起地上的舞衣准备穿上，王老师马上从她手里把舞衣夺下，不让她走。她没有办法，才慢慢地将罩裙脱下来，当她转身之间，同学们都大吃一惊，老天爷！原来她赤裸的脊背上布满了横横斜斜的鞭痕，紫色的、深红的、浅红的鞭痕，像烙印一样烙在她瘦弱的背上。我一阵晕眩，猛然想起了一首古老的俄罗斯民谣，开头的几句是这样的：

　　　　生活啊，像一条泥河，

　　　　无风呀，也要起风波；

　　　　穷人呀，变卖儿女，

　　　　丈夫呀，毒打老婆

　　　　……

　　"人体美"，"人体美"，多么悲惨、多么残酷的"人体美"啊！

　　王老师也惊呆了，他站着不动，也不教模特儿摆姿势。后来王老师上前一步，弯腰把地上的罩裙捡起来，叫白俄舞女穿上，又把大红舞衣捡起来，也叫白俄舞女穿上，打手势让这个含着眼泪的舞女坐下，自己就不声不响地走出了画室。

我不知道这堂课是怎样度过的，同学们都沉浸在沉思中，有的女同学在抹眼泪，大红舞衣仍然在眼前，鞭痕却留在同学们的心上。这堂课好像是一堂深奥的哲学课，让你钻到哲理中爬不出来，让你提早地进入了矛盾百出的社会生活，让你想到书本上的"人体美"在现实生活中并不存在，让你想到"真、善、美"只有在不断地与"假、恶、丑"作艰苦的斗争才能安身！……后来，这个穿大红舞衣的白俄舞女再也没有到我们的画室里来。我想，她的脊背上又难免要增加几道鞭痕！

回到亭子间，我写了一首《脱下舞衣吧》的长短句，其中有这样一些字句：

舞衣——穿在上海胴体上的——金光闪闪的舞衣——为大腹便便的——殖民地兼资本主义——伴舞、伴舞、伴舞——长裙曳地——掩盖了——胴体上的伤疤——被侮辱与被剥削的——标记——脱下舞衣吧——脱下舞衣吧——换上武装——拿起武器——竖起红旗——怒吼吧——黄浦江——让波涛冲洗耻辱——让冒险家的乐园——变成——冒险家的葬身之地——脱下舞衣吧——脱下舞衣吧！

与『谢谢侬』『开脱侬』

所谓颓废派，实际上是一种只看见现实看不见理想的人，如果你让他把看理想的眼睛也张开，那就完全和我们一样！

20 世纪 30 年代初期的上海美专，处于上海美专自开办以来的鼎盛时期。光是西画系、中国画系、工艺美术系、雕塑系、音乐系的学生就有 800 人，又有许多全国知名的教授，除留法多年的王远勃、范新琼以外，还有张弦、蒋兆和、倪贻德、潘天寿、诸闻韵、姜丹书、谢公展等等，因此许多学生都是慕名而来的。

经过 1930 年下半年到 1931 年底三个学期，如果问我与从前有什么不同的话，那就是我对绘画技术上的细节追求更真实，从感性认识上升到理性认识的明朗化，推动我这一进步的并不是我本年级的老师，而是西画系低年级的教授蒋兆和。

我并没有上过蒋兆和的课，但是看见过而且欣赏过他的素描肖像，喜欢他那种超过形似的生动感。蒋先生是和我接近的张杰的主课老师。张杰曾经对我讲过，蒋先生除了画儿好之外还有理论，他说"一幅写实主义绘画的成功完全在于每一个细节的真实描绘"，这是张杰的转述，不知道原话是否这样。但这句话肯定了我多年来对细节真实的追求，并且把我朦胧的感性认识提高到明朗的理性认识的高度。我觉得学习知识不限于直接的书本或口头的接触，间接的学习同样地产生作用和效果。

我最后一学期的绘画风格突然从写实主义转变为"野兽派"的表现主义，那是我对学院派精雕细刻感到索然无味，觉得腻烦的结果。

我毕竟是一个东方人，我没有遗弃东方艺术的特有风格，我没有离开我初学画时对中国情调的特殊爱好，我突然抛弃"只求形似"的写实而对"不求形似，但求神似"的马蒂斯产生好感，不过是我曾经热恋过的"东方情调"的复活。从这一点出发，我认识到西洋画与中国画根本的区别在于，西洋画（古典的写实主义的西洋画）是以外部的形体真实为主体，而中国画却以来自内心的情调真实，或者说"意境真实""精神真实"为主体。取消了情调、意境和内在的精神实质，就干干净净地抹杀了中国画的特点。

这是我一种朦胧的认识，只能说是我美学思想的一线光明。

由于我没有脱离对中国画的爱好，我也曾好几次到楼下中国画系课堂的窗外去旁听潘天寿老师的课。原因是非常欣赏他挂在会客室里的几幅作品，我认为他的作品具有中国画的特色。可是一见他本人，原来是一个穿中国长袍、身体笔直笔直的三十来岁的硬汉子。他的带有浓重乡土气的浙江口音，虽然有些难懂，但是他那些只讲意境、只讲骨气、只讲思想感情的中心内容仍然听得明白。这很合我的口味，我认为他是一个很有学问的画家。从他的讲话里，我觉悟到中国画的特殊性不单纯是情感的真实，而是具有特殊性的意境与具有特殊性的细节的两相结合，特殊的细节正是特殊性意境的化身，细节的真实还是十分重要的。

上海美专除主课（包括美术概论）之外还有法语、日语之类的自选课目，我都报名参加。教法语的汪老师还夸我法语的发音很好。可是当我考虑到我的家庭经济绝对不可能让我去外国留学时，这些外语的学习后来都半途而废了。

在上海美专，男同学约占五分之三，女同学约占五分之二。在画室里，男女同学可以自由谈话。在宿舍里，男女同学绝对不能自由来往，特别是男生不能进入女生宿舍，这是多年以来一条信守不渝的校规，违反者将被学校开除。

这条校规的唯一护法者，是美专的训导主任余老师。

这个余老师是一个众目睽睽中最不受同学欢迎的人物。他有五十多岁，长相特别，头小颈长而不留头发，黄黄的面孔上总是挂着一副无精打采的神色，嘴角上垂着几根黄色的胡须。更为特别的是，一年四季他总是穿一件深灰色的长衫，这件长衫不像是穿在人的身体上，而像是挂在一个空洞无物的衣架上，成天晃晃荡荡地在过道上、楼梯上、走廊上摇摆，活像一个舞台上的吊死鬼。同学们背后都称他为"余老头儿"，有的就直截了当叫他"吊死鬼"。我对这个训导主任总是敬而远之。

可是就在第三学期八月初一的上午，那个身体不健康的男模特儿刚刚上班就请病假走了，王远勃老师只好对同学们说："你们今天上午就自由活动吧！"于是，同学们都收拾画具纷纷离开了画室。我正收拾画具准备回家，有三个同住一个房间的女同学中一个叫做郎印的（她是张戈在杭州艺专的同学，也是插班到上海美专的）对我说："你敢到我们宿舍去吗？我们请你吃东西。"其他两个女同学也点头对我微笑。我一想现在是大白天，又是三个女同学的邀请，便说："怎么不敢？你们前边走，我跟在后面。"就这样我们很快就走近她们的房间，郎印回头看见我果然跟在后面，就用钥匙开了房门，她们进去以后又把房门关上。我站在门外，心想这是干什么哩？正准备回身就走，这时房门又开了，郎印站在门口对我说："请进吧！"我走进房中一看，这是一间通明透亮的宿舍，三张铁床上被褥整整齐齐、干干净净，完全不像黄简、张杰的男生宿舍又脏又乱。两边墙壁上还张贴着她们的人体素描习作，只有一个床边挂着一个翻转身背面朝外的小镜框，我走上前翻转镜框一看，原来是一个青年男士的半身玉照，只听得后面郎印大叫："不要看呀！不要看呀！"我回头看见郎印涨红了脸，另外两个女同学也不声不响地站在那里，好像手足无措。平常大家在画室里休息时，都是大大方方地有说有笑，为什么现在完全变了样子？我是一个不善于社交的人，只好对郎印说："你们不是说请我吃东西吗？"郎印把桌上一碟五香豆捧到我面前，我抓起几粒五香豆放在嘴里，很礼貌地对她们说："对不起，我走了，再见！"马上快步走出了房间。

我走过长廊，当我走到楼梯入口处正准备下楼时，突然从暗处伸出一只手把我的右胳膊一把抓住，一个沙哑的嗓门对我喊："侬好大的胆子呀！侬跑到此地来了，侬晓得此地是啥地方？……我要开脱侬（上海话'开除你'）！"我一看不是别人，正是训导主任"余老头儿"，心想："糟糕！我没有被'这家伙'抓住，倒被'吊死鬼'抓住了！"心里一急，就用力把被抓住的胳膊一甩，果然把那只鸡爪子似的手甩开了，急急忙忙往楼下跑，只听得身后还在喊："我要开脱侬，开脱侬！"

我跑回画室，提起画箱就走出校门，一边走一边反省，就因为别人说了个"敢不敢"，我就轻举妄动，有勇无谋，太不值得了，太不值得了！这件事不知道如何了结？

有好几天，我上学都偏迟，只想躲开这个"余老头儿"，可是出乎我意料，反而天天都碰见他，在过道上，在楼梯上，在走廊上，仍然是那件晃晃荡荡的长衫，仍然是小头长颈和几根胡须，明明白白地看见了我也好像没有看见我似的走过，我渐渐放下心来，开始领悟到"开脱侬"不过是一句口头威胁，并没有实际行动，他可能是一个口是心非的老好人！

这件事是不是一阵风就吹过去了？不，不！还有下文，还有更出人意料的下文。

大约是一个月之后，令人痛心疾首的"九一八"到了，日军占领了我国东北三省，国民党蒋介石只管在江西"剿共"，对于日军占领东北实行不抵抗政策，步步退让。这种倒行逆施的无耻勾当，当然引起了全国人民的公愤，纷纷提出抗议。上海也沸腾起来，工人与学生走在最前面，马路上到处都有人在街头演讲，高呼"打倒日本帝国主义！还我东北！"。听讲的人越集越多，这里一堆人，那里一堆人，租界当局虽然出动很多巡捕，也奈何不得。上海美专首先是东北同学多人要求学校罢课、游行、示威，思想反动的"这家伙"极力反对，并辱骂东北同学为"亡国奴"，这当然引起了众怒，结果以东北同学对"这家伙"挥以老拳的武剧告终。

洪叶是上海美专学生会的主席，他忙得不可开交，先在他主编的墙报《街灯》上出了特刊，痛快淋漓地和东北同学的言论站在一起。洪叶在美专虽然是攻读西洋画系，可是他内心最喜欢的却是话剧，可能在中学时期就当过导演，他对舞台工作很熟悉，他不知道从哪里找来一份田汉在匆忙中写成的独幕话剧《乱钟》的最初脚本（这是初稿，剧中人物与后来的修订版很不相同），准备最近在美专的礼堂里演出。代理校长王远勃到底是一个开明人士，他满口答应并批准了。

《乱钟》的剧情比较简单，主要描写的是一个大学的男生宿舍里的男女同学在乱钟敲响后一些不同的反应和思想的行动，内容生动感人。洪叶自任导演，以大学生演大学生，当然驾轻就熟不用花很大力气。洪叶人缘又好，认识很多同学，很快就找来了十来个同学当演员，其中包括赵丹（中国画系的同学）、宋邦千（美专工作人员）、成家和（西画系女同学，后来曾一度是刘海粟夫人）、张戈和我。洪叶找我当演员时我说："不行不行，我从来没有演过戏，我一上台就会手足无措，就会忘记台词！"洪叶说："哪有不行的道理？我派给你演的角色是一个老皱着眉头的颓废派。你也喜欢皱眉头，不用化装，非你演不可，至于动作和台词，你也不用费力，这个角色老躺在床上，没有很多动作，台词也不多，只有几句话，而且后台有人提词，他说一句你跟着说一句，这还不容易吗？"张戈也在旁边鼓劲："你不用推三推四，这是演《乱钟》呀！"我只好勉勉强强地答应了。

尽管我的台词只有几句话，我还是把这几句话抄在纸上，念得滚瓜烂熟，这几句话是："啊！……我看不见光明……我的眼前只有黑暗！……只有卖国求荣！……只有血，只有眼泪，只有死亡！"

在正式排演的时候，洪叶又教我用双臂枕在脑后，半靠半躺地倚在床上，一条腿放在床上，一条腿放在床下。他说："你就这样躺着慢吞吞地念台词就行了，不用什么别的动作。"

在正式演出时，当我半躺在床上快要念台词的刹那之间，我看了一眼台下，只看见无数的黑眼珠都在朝我看，不免有些心慌意乱，念台词的声音有些发抖，这种颤抖的声音与一种悲观绝望的心情有些吻合，我就用这种声音念："啊……我看不见光明……我的眼前只有黑暗……只有卖国求荣……只有血，只有眼泪……

只有死亡！"我一句也没有漏掉，我总算把这场戏对付过去了。

《乱钟》的确在美专众多的观众中敲响了警钟，反应热烈，掌声不断。

事后洪叶对我说："你和赵丹的演出效果最好，张戈有些害臊，老是把背部对着台下，与一个朝气蓬勃的运动员的身份不太适合！"张戈在台下绝不害臊，他说："我是麒麟童一派，背上有戏哩！"一句话说得大家都笑了。

谁知道，第二天上午我刚刚跨进学校的大门，就在过道里碰见了训导主任"余老头儿"，他一看见我就一把抓住我的胳膊，满脸高兴地对我说："侬好呀，昨日夜里厢你演得真好呀！侬晓得哦？侬演的不是别人，就是我呀！……就是我呀！……我就是只看见黑暗，看不见光明呀！……侬让我照照镜子看见了自家呀！……我要谢谢侬呀，我要谢谢侬呀！"这一回，我没有甩开胳膊，我发现他的手在发抖，我对他鞠了一躬就抽身走了。

我把这件事（从"开脱侬"到"谢谢侬"）告诉了洪叶，洪叶说："人是有两只眼睛的，一只专门看现实，一只专门看理想。所谓颓废派，实际上是一种只看见现实看不见理想的人，如果你让他把看理想的眼睛也张开，那就完全和我们一样了！"洪叶的话深入我心。

不同战场上的相同遭遇

它尖锐、凄厉而又悠长，一下子触动了我的神经，我满腔的悲愤爆发了出来，我失声痛哭，一边哭一边喊：「我们会在一起呀！⋯⋯我们会在一起呀！⋯⋯」

　　这一天，我永远忘不了这一天，1931 年 10 月的一个星期天的上午，张戈邀我去逛一个新的书店——德国书店。平日，张戈和我一起逛书店的时候很长，所谓逛，只是在书店里浏览浏览，买书的时候很少。四马路的书店街是我们常去的地方，虹口的内山书店是我们每星期必到之所，因为这个日本书店有许多介绍西方美术的图书画册，可以随便翻阅，不买也不要紧。书店老板内山完造很欢迎我们常去，我们在画册前看很久他也不在意，临走时还点头招呼。

　　那个德国书店与众不同，它坐落在上海繁华地区英租界靠近马霍路的静安寺路大街上，门面不大，但收拾得干净利落，门口没有横七竖八的广告牌，连一个明显的招牌也没有。引人注目的是它有一面很大的玻璃橱窗，橱窗里的摆设也很特别，深褐色的丝绒衬布上只摆着四五本很厚的精装书，简单明了，显示出一种庄严的深沉的色调和气派。走进玻璃大门，是一间狭长的干净利落的店堂，东西南三面整整齐齐地排列着大小相同的深色书柜，满满地陈列着深色的书籍，把上面有书名的脊背朝外，就像一个私人的图书馆一样。

　　靠近书店入口处，端端正正地坐着一位头发苍白、穿着一身黑色长袍的老太太，好像一幅典型的肖像画。她看见张戈和我走进书店，只欠了欠身子，表示欢迎，接着又坐下岿然不动。

　　德国书店里没有其他顾客，除了张戈和我以外。我们绕着三面书柜走了一圈，因为都没有学过德文，对这些很厚的书脊上的书名一窍不通。正准备退出，猛抬头看见左右两旁书柜柜顶上摆着四面玻璃镜框，每个镜框里都镶嵌着一幅铜版画（后来才知道这是德国现代大画家凯绥·珂勒惠支的名作《农民暴动》组画中挑选出来的四幅）。其中一幅吸引了我的注意（后来才知道这幅作品是《战场》），描写的是暮色苍茫中的战场上躺着许多阵亡的尸体，一个身穿黑衣、弯着腰的老妇人（想必是母亲），在左手提的手灯的照明下，正在用右手触摸着一个尸首（想必是儿子）的下颌。整个画面都是在朦胧的夜色中，只有灯照亮的尸首和母亲那只伸出的右手能够看得清楚明白。那是一只筋脉突出的劳动者的手，那是一只在千辛万苦中把儿子养大，而现在正抚摸着他的尸体的手，那是一只在悲惨的遭遇中饱含着复仇的愤怒的手！……从一只手表现出来的深刻的意象，散发着爱，散发着恨，散发着复仇的情绪！

我好像触了电似的被这幅作品吸引住了，呆立着不动，张戈催我走我也不走，他拉着我走到端坐着的老太太跟前，用上海话问柜顶上的版画卖不卖，老太太也用上海话说出了三个字——非卖品。于是，张戈就拉着我的胳膊走出了书店的大门。

张戈问我为什么发呆，我只说突然头晕，很不舒服。回到自己的亭子间就一头倒在床上，思潮怒涌，往事历历在目，眼前浮现出不同战场上相同遭遇的悲剧！

先从序幕上展开：

我12岁小学毕业，13岁考入江西省立第六师范学校，校址就在九江孔庙。我考师范而不考普通中学，并不是想终身从事教育，而是因为师范学校不但不要学费而且供给学生一日三餐。"吃饭不要钱"正是当时师范学校招揽家境贫寒的学生继续求学的一大义举。但学生在入学时必须交15元的保证金，保证不中途退学，如果中途退学，则不退还保证金。当时我家非常贫困，交不起保证金，最后还是母亲把她头上最后一根金钗送到当铺里当了15元大洋，我才勉强跨进了师范学校的大门。

当时师范学校的学生具有两大特点：第一个特点是穷。绝大部分的学生来自全省各个贫苦的农村，都身穿一件单薄的长衫，长衫就是穷的标志。第二个特点是年龄偏大，超龄的学生不在少数。特别是一些"土巴财主"的子弟（土巴财主是农村中地主富农的俗称），连三十来岁已经抱孙子的"爷爷"（农村有钱人15岁早婚是常见的事情），为了混一个中等学历的虚名，也穿着一身新制的学生服来上学。这种超龄的学生人数不多，但每班二三十个学生中，总会有五六个。这样一来，师范学校的学生就自然地形成了三种对立：贫穷与富足的对立，低龄与高龄的对立，长衫与学生服的对立。我是属于贫困、低龄、长衫的多数派，由于学习成绩优，经常考第一名，所以也很惹人注目。

在课堂里，学校规定年龄小的、成绩好的坐前排，年龄大的、成绩差的坐后排，这就把本来是隐藏的对立情绪表面化了，引起了坐后排的超龄学生对坐前排的仇视。那些已经抱孙子的"爷爷"们语言和行动都很野蛮，常常当面对坐前排的同学叫"孙子"，甚至在操场上动手动脚。我当然成了他们的仇视对象之一。

我应当在此介绍与我同坐一条长椅、共用一张书桌的同学张如龙。他爱打抱不平，一看见别人欺负我，他就挺身而出。他就以骂还骂、以手脚还手脚，从他那种迅速的、熟练的动作来看，好像学过武打，以致后来那些"爷爷"们没有人敢在我面前示威。

张如龙比我大五岁，身材比我高一个头，尽管他经常穿一件灰布长衫，可是他的长相与动作姿态显然与众不同。他有一张圆中带长的脸，五官端正，举手投足之间，既显得文质彬彬，又具有几分英武的气概。更为突出的是他前额上有一块新月形的伤疤，这块伤疤令我怀疑他曾经和别人发生过武斗。

张如龙是离九江很远的外县人，他说话像鸟叫，我听不懂，可是我说话他能听懂。因为他和我共用一张书桌，他常常用手指在书桌上写字代替语言。他读过很多书，"五四"以来许多新文艺书刊他都看过，而且能说出它的内容概况。所以，不到半年，我就发现他的文化程度比我高、比我广、比我深。我很敬重他，他也愿意与我接近，他经常借给我看一些没有看过的新书，并且在我还书时问我的读后感，我们之间的友谊与日俱增，有一天没有见面就不自在。

张如龙也有一个缺陷就是他常常缺课，他好像忙于外出，宿舍里、操场上也找不着他的人影，上课时老师点名看他不在，老问我他为什么不上课，我谎称他看病去了，他知道后叫我以后不要谎报，就说不知道好了。

看来，老师们对张如龙是深为不满的，有一天上午上国文课，老师是个戴深度近视眼镜的老夫子，他看见张如龙没有来，就把张的作文本子交给我要我转交给张，我下课后把张的作文本打开一看，大为惊讶，原来他把老师出的题目"国家兴亡匹夫有责论"改成"论爱国主义"，写得端端正正的小楷，洋洋洒洒上千言，我看后十分佩服！可是老师的批示却是"自作主张、言不及义"八个大字，分数是"中下"。而我的一篇"之、乎、者、也"，也不过几百字的论文，分数却是"中上"。我开始认识到老师的观点太不公平，抑优扬劣，喜旧厌新，自此以后我写作文就完全用白话了。

事后，我把作文本交给张如龙，夸他的文章比我的好多了，并劝他今后不要老是缺课。他用手指在书桌上写了几个大字"读书不是为了高分"给我看。这以后，他主课尽量不缺，图画、体操之类的课程他经常不在，我问他为什么，他只说"有事"就算完结了，我也再不问他了。

我和张如龙坐一条长椅两年之后，我们的关系更加密切了。他渐渐学会说普通话，不再用手指在书桌上写字了。他知道我喜欢文学与绘画，就经常把鲁迅的书、"文学研究会"的书借给我看。他说"创造社"的书不"实在"，鲁迅的小说最"实在"。他劝我除看文学书外也应当看一些政治性的书，他把《中国青年》《向导》（都是共产党的刊物）夹在小说、诗歌之中借给我看，并且在我还书时问我读后有什么感觉。老实说，我对政治不感兴趣，勉强读起来也似懂非懂。只有一次例外，他给我一本《显微镜下之醒狮派》，我从头看到尾，很感兴趣，这是一本针对当时流行的"国家主义派"作了详细分析的书，写得细致动人。我便把读后感告诉了张如龙，他很高兴地说："对了，你是喜欢读那些形象化的论文，不过，《中国青年》里什么文章都有，你也应该仔细读。"

由于张如龙学会了说普通话，我们之间的意见交流就大大增加了，交头接耳的谈话日渐增多了。他告诉我他祖祖辈辈都是贫农，他只上了四年小学就因为母亲去世家里太穷而辍学，天天帮他父亲砍柴拾粪及其他劳动。他有一个远房哥哥上过中学，家里有很多新书，他常常借书看而加强自修。为了节省灯油，他在户外的月光下读书成了习惯。他考上师范之后，为了入学保证金，他父亲跑了好多家亲戚才勉强凑够 15 元大洋。听到这里，我也把自己母亲当掉金钗的事向他和盘托出。张如龙说："贫穷是我们的仇人又是恩人，因为它给了我们很多知识和精神财富！"他的话就像钢钻一样一直钻进我的心里。

张如龙有一个和他很接近的同班同学，这就是坐在后排也穿学生服的蓝德新，这位同学身材高大，为人和善，也爱好文学。张如龙介绍他和我认识，告诉我："当我不在你身边的时候，有事就找他，他可以帮助你。"这样，我又多了一个朋友。张如龙借给我看的书常常由他转交给我，我还书也常常直接交给他。

1926 年，是我们快要毕业的一年，我 16 岁，张如龙 21 岁，这一年是洋溢着喜庆、洋溢着狂热，又洋溢着血腥的年头。新年过了，张如龙一上学就脱下长衫换了一身旧学生服，兴致勃勃地对我说："国共合作了！"他要我天天看报，注意国家大事。不久，他又高兴地对我说："北伐军（在广东建立的国民革命军的简称）快要来了，好日子离我们不远了！"他忙得很，几乎每天都缺课。

5 月尾的一天深夜，几声枪响把人们从睡梦中惊醒，原来是驻扎在九江的督军吴金彪带领部队逃跑了。仅仅一天一夜，北伐军就攻克了九江。这是一支军容整肃、纪律严明的年轻部队。九江很快就召开了欢迎北伐军的市民大会，满街的老百姓喜气洋洋，好像过一个盛大的喜庆节日！

张如龙和几个别班同学组织了一个"马克思主义研究会"。他给我一张马克思的照片，要我用最大的纸张把照片放大。我欣然应命,这是我第一次为革命画画儿,画得很准确。当我看见这幅画像张贴在孔夫子牌位的前面时,内心有说不出的喜悦和兴奋。可是当张如龙邀我加入马克思主义研究会时,我一口气就回绝了。他忙得很,只瞪着眼睛对我看看就走了。

没有几天,九江成立了国民党市党部。由于国共合作,市党部里多半是共产党员主持工作,张如龙是市委委员兼宣传部长。这都是事后蓝德新告诉我的,我这才恍然大悟,想想他过去的一切行径,原来都是出自一个共产党员的本色!

我也很兴奋,远因是头脑里开始有一个共产党的影子在召唤,近因却是北伐军天天有大军在九江过境,每个军每个师的政治部都有小幅的画报和大幅的宣传画张贴在街头,这些画都是反帝反封建的寓意画,将帝国主义、封建主义比喻为吃人害人的老虎、毒蛇、恶魔之类,将中国人民比喻为在这些恶魔爪下受苦受难的牺牲者,骸骨累累,尸体纵横,令人触目惊心!这些宣传画分大小两种,小幅的只有半张报纸大小,一般都是中间写画报名称,两旁上下共有黑白画儿 4 幅。大幅的是由 4 幅漂白布缝成,用墨笔勾轮廓,涂上五颜六色,悬在街头墙壁上,既醒目而又容易让人看懂。

在我长达四五年的绘画临摹中,这些宣传画是我从未见过的新鲜事物。我早期临摹的山水、花鸟、人物,近年临摹的风景、静物、人体,从表面看都是现实题材,但琢磨起来却都是远在天边的幻影;而这些宣传画表面上虽是象征寓意,但琢磨起来却都是贴近身边的国家大事。两相比较,孰轻孰重,一目了然。说实话,这些悬在十字街头的宣传画,把我从象牙塔里拉到了十字街头,对我今后的创作实践，产生了不可低估的影响和示范作用。

张如龙做了市党部的宣传部长以后，他就把党部需要的绘画宣传工作全部委托我一人办理。先是由蓝德新转达，要我画一幅由八张毛边纸拼成的孙中山先生的巨幅画像。后来因我的三哥（他是小学教员）在市党部担任摄影工作，张如龙又写信交给我三哥带回，要我办一个反帝反封建的画报。埋在我心头的青春狂热爆发了出来，我好像吃了兴奋药，每天埋头工作。我给画报起了一个名字，叫做《火炬画报》，半月一期，每期四幅。部队的宣传画报就是我创作的范本，题材也分两类，一类是旧军阀的祸国殃民，一类是民间疾苦，自己感受的和书本上记录的，都变成了我办报的现成的材料。我认为每期四幅作品都由一人执笔太寒碜，于是每幅画用了一个不同的笔名。我自己没有去过市党部，画稿和信件都由三哥带去带回，张如龙很满意。

有一天，三哥带回了张如龙给我的一封信，他先夸我工作积极，画报办得很好，然后说他愿意介绍我参加共产党，希望我马上答复。我没有考虑，又一口气拒绝了，拒绝的理由是"不参加党我照样能为党工作"。这封信由三哥带去后不久，时局就发生了巨变，由喜气洋洋的"吉年"变成了杀气腾腾的"凶年"！

"请看今日之蒋介石"，这是由北伐军总政治部散发的传单的大字标题，作者是总政治部副部长郭沫若，他是我最景仰的诗人作家之一。他在这篇文告里详细地叙述了北伐军总司令蒋介石的叛变经过，揭露了蒋介石存心反共的阴险毒辣的本质。这篇惊心动魄的文告震动了我的心灵，它像一片乌云遮住了老百姓心上的阳光，令人不知所措。

　　不久，九江就成立了一个与市党部相对抗的县党部。他们造谣说市党部只要工人不要农民，还发动乡村一部分农民带着梭镖（一种长矛）进城捣毁市党部。一时谣诼纷纭，全城大乱。这一天，我的三哥恰恰在市党部，他是从乱矛丛中逃出来的，回家后交给我张如龙早就交给他的一封长信。

　　这封信我反反复复地看了无数遍，主要内容我至今还能背诵，他写道：

　　　你给我们画了马克思像，可是却不参加马克思主义研究会。你又出色地为党做了许多工作，可是你又不肯参加我们的党。你说不参加党照样为党工作是站不住脚的，没有党的指示，你凭什么工作呢？……我们嗜好相同，性格相同，唯一不同的是，我生活在崇高的理想之中，为理想的实现而献身。而你，恰恰缺乏理想，你知道吗？你是一个没有理想的庸人！……我们共一张书桌、一条长椅坐了四年之久，我总以为我们会永远在一起的，谁知道我们终究不在一起，终究不在一起！

　　就在我接到这封信的第三天，九江的驻军就开始逮捕共产党员，张如龙就是第一批被捕的 26 个人中之一。没有什么审问，没有什么拘留，26 个人就在被捕的第二天全都被枪毙了。这是蓝德新含着眼泪告诉我的，他说他当天夜晚偷偷地到大校场刑场去寻找张如龙的尸首，他看见张如龙被鲜血染红了半边脸！……

　　我大为震动，大为激动，大为冲动，想起张如龙"我们终究不在一起"的遗言，下决心也到刑场上在张如龙的尸首前面立誓！

　　大校场是九江东门外自古练兵的一大片荒野，现在又是执行死刑的刑场。我走到西南角上的刑场之时，已经是暮色苍茫的时刻，四野无人，像死一样的寂静。我走来走去，没有发现一具尸首，只发现长着稀稀拉拉的野草的黄土地上，有一大块一大块的斑斑血迹，血色已经发紫发黑了，这里就大概有张如龙的热血在内。碧血黄沙，英雄永垂不朽！我面对着这些血迹低声呼唤，张如龙、张如龙，你是伟大的、崇高的，你为崇高的理想而生活，为崇高的理想献身，你的热血净化了我的灵魂！……我错了，我后悔莫及……我下了决心，我决不做没有理想的庸人，我要走你走过的道路……我跟着你走，我们终究会在一起，会在一起……！

　　这时候，在万籁俱寂中，突然从远处传来一声马嘶，它尖锐、凄厉而又悠长，一下子触动了我的神经，我满腔的悲愤爆发了出来，我失声痛哭，一边哭一边喊："我们会在一起呀……我们会在一起呀！……"

　　我大哭大喊的声音惊动了远处在路旁放哨的一个哨兵，他朝着哭声喊："是谁？是谁？"我不睬他。他拖着一支枪急急忙忙跑到我面前，见我身材矮小，就问我："小孩儿，你在这里干吗？"匆忙之间，我说了一句"我的钥匙掉了"，接着又哭了起来。这个哨兵拉着我的手说："走，走，这么大的地方哪能找到一个钥匙……回家去，就是挨揍也不要哭。"

　　我回到家时已经是夜色了，二哥正在门外街灯下东张西望，一看见我就拉着我进门并关上大门。他看见我鞋子上有黄土，又见我泪眼模糊，就轻轻地对我说："你再也不要出去了，外面到处抓人，你再也不要出门了！"

　　前几天，三哥已经逃往上海去避难，家里已凄凄惨惨，现在
母亲又担心我的安全，特别着急。第二天一早，二哥打开后门，
后门外不远处长着密密麻麻一人多高的芭茅（这是一种多年生草
本，形似菖蒲，叶子边缘很锋利，能割手，栽种人把它当作围墙）。
二哥对我说："如果大门外有人敲门，你就赶快钻进芭茅丛里。"
但是我钻不进去，费了好大力气才钻进半个身子。夜晚，我就在
芭茅丛里过夜。

　　第二天夜晚，也是前几天逃到南昌去的小学教员郑受生穿
了一身军装又回来了，他是不放心家里七十多岁的老父又回来看
看的。他听见不好的消息就悄悄到我家对二哥说："听说现在正
在打听那个画画儿的人是谁，我劝你四弟明天上午跟我一道走，
三十六计……"二哥去征求父母的同意，母亲流着眼泪说："走吧，
都走吧，赶快离开这个鬼地方！"就这样，在第二天一个阴霾满
天的早上，我穿着一件棉袍踏上了少年亡命的征途！

　　隔了14年之后的1940年8月30日的上午，我在延安桥
儿沟鲁迅艺术文学院的东山上的窑洞里进行入党宣誓之后，面对
着血似的红旗，我含着眼泪默默地祷告：张如龙，我们又在一起了，
我们又在一起了！

冲破地壳的
地下火焰

尽管这次地上活动没有完全取得胜利，可是这一股冲破了十里洋场的地下火焰，也的确让统治阶级吓破了胆，震动了他们脆弱的神经！

　　自从我参加上海左翼美术家联盟以后，从 1931 年下半年到 1932 上半年我前前后后一共参加了三次地下活动。

　　所谓地下活动，是指一种秘密的、非公开的、被社会上层统治者视为不合法的组织活动。但事实上它又是从地下冒出来的，活生生地存在，是压抑中的反压抑，是禁止中的反禁止。尽管表面上它不过是星星之火，可是实质上却大有燎原的气概与前途。我把它比作冲破地壳的地下火焰，实际上一点儿也不夸张。

　　时隔六十多年的往事，现在回味起来仍然如火样地燃烧着心房。中华人民共和国的辉煌存在，证明了当年的地下活动乃是沧桑巨变的重要因素之一，地下推动是与当年革命根据地的军事活动相呼应、与万里长征相配合、城市与农村携手并进的壮举！事实证明，活动在地下的火焰是和活动在地上的燎原大火互相支持的，这便是毛泽东同志称为军事上围剿与反围剿、文化上围剿与反围剿的由来。因此，值得我们今天回顾、怀念、歌颂的不是什么小事，而是农村与城市所共有的为了实现崇高理想而不怕失败不怕牺牲的壮志雄心，这是 50 年前建立辉煌的中华人民共和国的雄厚基础，也是跨越新世纪建立更加辉煌、更加远大的未来的雄厚基础！壮志雄心不朽，崇高理想长存！为了我们的锦绣前程，为了我们的崇高理想，我不嫌繁琐地把 20 世纪 30 年代的地下活动记录下来，留给后代参考。

　　参加第一次地下活动，是我在上海美专学习快要毕业之前。有一天，我的单线联系人张戈轻轻地告诉我要我去参加美联的一次小组会。他只告诉我日期、地点和注意事项，他要我事前事后都不要把这件事告诉别人，包括弟兄亲人在内。他要我在小组中不要找熟人谈话，也不要打听别人是谁。他要我服从主持人的指挥、谈话和吩咐，开完会就回家，完全保守秘密。

时间是星期日上午 7 时，这天我起床特早。地点是打浦桥日晖里××号楼上，这地方很容易找。打浦桥是个学校比较集中的地方，上海法学院在这里，新华艺专也在这里。日晖里是一个老牌的旧式弄堂，很深很大，有很多一楼一底的楼房，年代已经很久了。

我按着张戈说的门牌号码找到这座楼房的后门口。门是虚掩的，我推门进去，走到楼梯口顺便向敞开房门的客厅看了一眼，只见空洞洞的好像没有人住。上楼后看见亭子间的门是关着的，大概有人在内。走到前楼，也是一间没有任何家具的无人居住的空屋，窗户都没有打开，窗上的玻璃有的碎了，窗上糊的报纸也是龇牙咧嘴地到处破了，地板上散布着一些破布碎纸的零星垃圾，空气中含着一股霉气，整个房间给我一种空虚的、衰败的印象。

已经有四五个青年先我而来，他们都靠着墙根坐在地板上，看见我进来都朝我看了一下。其中有两位女士我认识，一个是南国社的名演员吴似鸿，她化名吴峰在上海美专插班，是我的同学，她是新近去世的流浪诗人蒋光慈的未亡人，她穿着黑鞋、黑长袜、黑旗袍，一双大眼睛和两根短辫子，很惹人注目。另一个是新华艺专的学生严以南，她头戴一顶日本女帽，身穿一件阴丹士林布的短旗袍，背后拖着一根又粗又短的辫子，她是一个活跃分子，常来上海美专串门，也常来看我的人体习作并对我作过自我介绍，她就是后来当过电影演员最后自杀的艾霞。她和吴似鸿都不和我打招呼，就好像我们从来不认识一样。

另外三个男青年都不过二十上下年纪，红红的脸庞，明亮的眼睛，整洁的长衫和短服，洋溢着一股青春的活力，与这一间衰败的不干净的空屋相对照，衰败的更显得衰败，活跃的更显得活跃。

我也学他们的样子，靠着墙根儿坐在地板上，大家都不说话，可是内心都在打鼓！

看来应约赴会的人都很守时，我刚刚坐下，又陆续进来七八个青年男女，有长发的，有短发的，有穿长衫的，也有穿西服的，都不声不响地往地板上一坐，等待好戏开场。

最后来的是一个只穿毛衣长裤的小伙子，他精神焕发，不往地板上坐，自言自语地站着说："大家都到齐了吧！"好像是会议的主持人。正在这马上要开会的时刻，忽听见楼下后门外有敲门的声音，声音很大，越敲越急，越敲越响，那个最后来的年轻人马上对坐在地板上的大伙儿说："走，走，我们从大门一个一个溜出去，走！"他让大家先走，自己随后。就这样我们走下楼，穿过客厅，一个一个地从大门溜出去了。这个第一次参加的小组会，不等开会就半途而废了。我去出大门时看见走在我前面的人都从容不迫地慢慢地走，我也放慢了脚步走出弄堂，没有一点慌张，没有一点畏惧。

第二天，我把这情况告诉张戈，张戈说："敲门的可能不是巡捕便衣，如果巡捕房预先得到情报，大门后门都会有人守望住，哪里用得着敲门，早已破门而入了。"他问我："你是不是受了一场虚惊？"我说："我早有精神准备，尝尝铁窗风味是我命里注定了的。"张戈说："你考试及格了。"

事隔二十多年的 20 世纪 50 年代，有一天，我到江丰家里谈话（当时江丰是美协党组书记，我是副书记），当我们谈起20世纪30年代上海左翼美联的活动时，我提起在打浦桥日晖里一间空屋里开会被敲门声打断的时候，江丰大声叫起来："哎呀，老兄呀，你当时也在场呀，我也在场哩！"我说："那时候我们年轻人什么也不怕，心里只有革命，只有理想，没有一点私心！"江丰说："那时候我们连杀头也不怕，哪有什么私心！"二十多年以前我们的精神状态，给二十多年以后的我们增加了工作活力，过去的确是不能忘记的。

张戈又来通知我第二次开会，是1931年冬天我们快要毕业之前。他没有说明开的是什么会，也没有向我交代注意事项，只告诉我时间地点，他说他有事不能参加。

时间是星期日上午8时，地点是霞飞路中段一家叫"绿宝"的咖啡馆楼上。霞飞路中段（即金神父路与马斯南路之间），是我和张戈逛马路时常经过的地方，很容易找到。到了时间，我就走到了"绿宝"咖啡店的门口。

这家咖啡店门面不大，我走进大门，穿过店堂，看见了上楼的楼梯，奇怪的是没有碰见一个侍者与顾客。我走上楼，楼上是里外两间狭长的套房，外间的客座桌椅俱在，但桌上没有铺台布，窗户没有打开，房内也没有看见一个顾客和侍者。我正在四面观望，从里间套房里走出一个身材高大的人来，这是我认识的有名的化妆师辛汉文，是张戈介绍我认识的，为人和蔼可亲，他满面笑容地对我说："你来迟了，里边房间里坐满了，没有空位，请你就坐在外间吧。"他边说边把我拉到靠里间门口的座位上坐下，自己又钻进里边屋里去了。

我独自一人坐在外面，心里明白，这是一个已经停业的咖啡馆，所以秘密的会议能够在公开的场所进行。

我从房门口朝里看去，只能看见紧靠门口的四个座位上坐着四个穿西服的中年人士，其中一个是我认识的汤晓丹。他是联华影业公司的名导演，他也爱好美术，也是张戈介绍我认识的。他没有看见我，正在注意听别人讲话。讲话的人好像是坐在房间的最后，但声音听得出是满口的湖南腔，可是讲话的内容听不清楚。我估计这是一个戏剧界、电影界的集会，讲话的人很可能就是田汉，他创作的话剧和电影脚本很多，我们在美专上演的话剧《乱钟》，就是他的近作之一。尽管我听不清讲话的内容，但也不便先走，这样枯坐着起码有三刻钟，湖南腔仍滔滔不绝。虽然讲话有时停顿，有时有别人插话，当讲话在没有掌声中结束时，我实在已经坐不住了。

辛汉文从里间走出来，他问我身边带钱来没有，他说要大家凑好钱付店租，我把身上仅存的几块钱都交给他之后就抽身先走了。

我事后把经过情况都告诉了张戈，张戈说："这是田老大（田汉的俗称）的一贯作风，喜欢热闹，喜欢把秘密公开化，把自己的生命安全丢在九霄云外！"我说："我两次参加会议，一次是无人住的空屋里，一次是在早已停业的咖啡馆里，我真佩服你们没有白费心机！"张戈说："你还不知道哩，我们还曾经在公墓的墓地上和死去的亡灵一起开会哩！"

这年12月底，在美专毕业的时间到了，学校为我们这一届举行了隆重的毕业典礼，刘海粟特别邀请蔡元培先生的夫人周女士来给我们颁发毕业文凭，西画系考第一的是郑野夫，我考了第五，张戈第二十三，这是从发文凭的次序知道的。可是紧接着毕业的是失业，文凭不能当饭吃，毫无实用价值。我仍然寄居在上海表哥的亭子间里，心里很着急。表哥对我说："你着什么急呢，只要我不离开商务印书馆，你再在我这里住两年三年也不妨事。"

张戈失业惯了，他没有什么心理负担，他早已和一个年纪比他大的女作家康白珊同居，她懂日文，靠写作和译文度日。张戈也抽暇为别人抄写文稿，虽然报酬很低，但也可以赚几个零用钱。我和张戈毕业后没有断绝来往，仍然和过去一样。

记得是 1932 年 4 月间，有一天早晨 7 点钟左右，张戈就跑到我的亭子间对我说："走，走，穿好衣裳跟我一道走。"我问他到哪里去，他说："你不用问，跟着我走就行了。"我急忙穿好上衣，跟着他走出表哥家的后门，表哥家的老奶妈追着我喊："四少爷，你回来吃午饭吗？"我答应说："回来回来，我一定回来。"张戈仿佛一下子抓着了什么把柄，他笑着对我说："老天爷！还是少爷哩，哪有不吃饭的少爷？"我不睬他，只顾跟着他朝前走。

我们从霞飞路走到八仙桥，路上行人不多，走到西藏路青年会时，人就渐渐多起来了。等我们经过四马路、三马路、二马路，快到南京路时，行人不但很多，而且来去匆匆，好像出了什么事故。当我们刚刚走进南京路，只见东边日升楼过去不远，人声鼎沸，一大群人正向西边走来，口号声、警笛声、吆喝声混在一起。张戈对着我耳朵说："糟了，我们迟到了。"他拉着我往回走，只见西边也有许多人往东边扑去，正堵塞在日升楼南北通道上，英租界的巡捕、便衣、警车也陆续到来，人挤在一起，街头大乱。

1931年12月在上海美专毕业时蔡若虹与同窗好友张谔

一个满脸杀气的彪形大汉站在我们身边，他指手画脚，正在指挥巡捕便衣往人丛中挤去。"这边买不到我们到那边去买吧！"张戈大声对我说，我明白他的话是说给我们身边那个大汉听的。路上的人有飞跑的，有一边走一边回头看的，也有站在商店门口观望的。张戈拉着我往西藏路上走，走到一家纸烟店门口，他掏出两毛小洋买了一包纸烟，又向店伙计借了火柴让我抽烟，然后装作若无其事的样子，慢慢走回法租界，一路没有讲话，和来的时候一样。

过了两三天，张戈才轻轻地告诉我，这是剧联、音联、美联联合起来的一次规模较大的飞行集会，地点选在南京路热闹地区，是为了扩大影响。可是损失也不小，九个同志被捕，还没有坐上警车，有三个人挣脱了巡捕的手，趁着混乱跑了回来，其勇可见一斑。

尽管这次地上活动没有完全取得胜利，可是这一股冲破了十里洋场的地下火焰，也的确让统治阶级吓破了胆，震动了他们脆弱的神经！

『出卖劳动力』

你真是个书呆子，不懂辩证法，地下活动的最终目的，就是消灭资本家对劳动力的剥削，这就是矛盾的对立统一呀！

1931 年 12 月上旬，正当我在上海美专快要毕业的时候，我接到二哥从家乡的来信，他在信中劝我毕业后不要急于回家，说九江不过是弹丸之地，没有适合我的专长的栖身之所，不如上海地方大行业多，就在上海找个职业，总比家乡容易。

没有社会经验的年轻人，总是走一步看一步想一步的。我在一年半的学习生活中，从来没有想过栖身之所的问题，毕业之后就完全两样，寻找职业问题便成为我朝思暮想的难舍难分的对象。

什么是适合我专长的职业呢？我想起了 16 岁以前的漫画创作《上弦月》。这是我的处女作，是从象牙之塔中破土而出的萌芽，是身边琐事与无边想象的结合体。既无发表机遇，与革命也根本无关。我又想到 16 岁时由我一人包办的《火炬画报》，那是我从象牙之塔一步跳到十字街头的飞跃，的确和革命发生了密切的联系，在广大群众中初试锋芒，可是露面不久就被万恶之源的白色恐怖吞噬了。我再想起上半年画的《红背心的罢工》，那是我的得意之作，既是自发的创作实践，又与革命实践相结合，可是仅仅在墙报上的露面，就几乎惹下了被学校开除的大祸。如此看来，我所能寻找的职业，和我的理想（为革命服务的理想）好像水火不能相容。

在我失业期间，上海新近成立了各种名目不同的画会，比如"春地画会""野风画会""决澜画社""白鹅画会"等等。前两个画会是与左翼美联有关的，为了打听这些画会是画些什么、靠什么营生的，张戈陪我先到江湾路"春地画会"去找吴似鸿。吴带我们到他们的画室去参观，只见画室中有两个小伙子对着瓶花在画静物。墙壁上挂着几个镜框，也无非是人像风景之类，没有什么值得我们参考的东西。张戈又带我到北四川路"野风画会"去找蒋海澄（蒋是艾青的原名，他写诗以后才改名艾青），蒋不在家，门上挂着一把有褡裢的锁，我们推了推门，门露出了一条寸把宽的缝，我们从门缝中往里看，只见右边墙上挂着一幅油画，画的是一个穿三角裤的近裸体男子，双手叉腰，抬头向远看，背景是一面灿烂的红旗。这是一幅将人体与革命硬是拉扯在一起的作品，张戈说："这种作品怎么能够拿出展览呢？"如此看来，目前大家都没有找到美术为革命服务的途径。

到底什么是我们能够找到的职业呢？我把这个严重问题向张戈提出来。他是一个脚踏实地的实干派，社会经验丰富，可能他会有办法。张戈说："我以为，找职业与干革命目前是两码事，不可能合二为一……有什么职业合乎我们的专长？只能在上海这个早已铺好的轨道上开车……当教授的蒋兆和曾经在新新公司当广告画师，画《王先生》的叶浅予也在三友实业社画过广告。上海是个商业竞争的城市，也许画广告的职业比较容易找。"

张戈这番话打开了我的思路。

我寄居在表哥家里，尽管吃饭住宿不用担忧，但寄人篱下之感令我寝食不安，我天天翻报纸，特别细看招聘栏目，希望能够发现"招请广告画师"的消息。

事有凑巧，在1932年5月上旬，我在《申报》的招聘栏里发现一条"圆明园路德商先灵洋行招聘画师"的广告。我喜忧参半，喜的是职业问题有了眉目，忧的是"洋行"二字。在这十里洋场的上海，凡是带"洋"字的事物，都带有浓厚的殖民习气。我能够放下架子去当洋行小鬼吗？我能够在"洋大人"手下当牛马吗？

我考虑了两三天，只因失业逼得我好苦，我终于决定硬着头皮去应试。

圆明园路是夹在四川路末段与外滩之间一条不长的马路，路旁一边是没有房屋的围墙，一边是没有商店的洋楼，是写字间与库房的集中之所。先灵洋行是在新建筑女青年会大厦的三楼。我走进女青年会大厦的大门，乘电梯上了三楼，很快就找着了写着"先灵洋行"四个大字的玻璃门的房间。我叩了几下门，里边有人喊"进来"，我就提着油画箱走了进去。

这是一间相当高级的大房间，西南两面开窗，屋里通明透亮。一张很大的写字台边坐着一个穿中山装的胖乎乎的中年男子，他问我有啥事，我说我是看见报纸上的招聘画师的广告来应试的。这个戴眼镜的中年男子盯着我从头看到脚，慢吞吞地对我说："哟，你来晚了，前几天已经有很多画家来考过了……这样吧，你来了也不妨再考一次吧……你不要走。"他一边说一边起身从对面玻璃柜里取出两个药瓶放在靠南的一个较小的写字台上，又从药瓶里倒出几个药片，在台子上摆好后对我说："你坐下，就是画这个。"我问他是画有颜色的还是没有颜色的，他笑了，又从抽屉里拿出白纸和铅笔说："就用铅笔画好了。"

我完全是外行，还带着油画箱来，大概他觉得好笑。我在靠椅上坐下，一边画一边心里直打鼓，我来晚了，前边已经有很多画家来考过，这么简单的药瓶药片谁不会画呢？我大概没有希望，不过，没有希望也好……我边想边对着药瓶药片依样画葫芦，不到十分钟就画完了。这个中年人仔细地看了我的试卷，要我在纸上写好姓名、年岁、籍贯、住址，他笑嘻嘻地对我说："三天以

20 世纪 30 年代在上海时的蔡若虹

后请你再来听回信。"我马上提起画箱就走了。

我走出这个高级大厦的大门，门外停着一排高级汽车，路上行人很少。我仿佛做了一件亏心事，自怨自艾："我怎么就跑到外国资本家的地方来了……我变成什么人了？"我惴惴不安地回到自己的亭子间，倒头就睡，除了午饭、晚饭我只吃了几口之外，都是不脱衣睡在床上。表哥问我是不是生病了，要不要去请医生，我说："你放心，我只要躺几天就会好的。"

到了第三天，尽管内心矛盾重重，到底还是去听了回信。我一推开那扇玻璃门，那个上次接待我的中年人就马上从坐椅上站起来笑嘻嘻地对我说："你来得正好，我正准备写信给你哩。德国经理对别的画家都不满意，偏偏看中了你这最后来的一个。外国赤佬（即洋鬼子）性子急，他要你早些上班！"我一下子怔住了，呆了一会儿才开口问："每月工资多少？"那个中年人反问我："你要多少？"我昏了头，不会反问"你们愿意出多少"，却呆头呆脑地说："每月三十元可以吗？"那个中年人一听也怔住了。他惊奇地问我："你为啥要得这么少？……原来的画家一进来就是六十元，你……就拿五十元好吗？"我涨红了脸，说不出话来。这时恰好走进一个穿西服的中国人，他身材高大，四方脸，大约有五十岁，满脸和气地看着我。中年人给我介绍："这是中国经理杜先生。"又介绍我："这是新来的画家蔡先生。"杜先生说："好哇！啥时候来上班？"中年人代我回答："明天就来上班。"我和他们告别后，呆呆地走了出来。

矛盾就像我曾经长过的疥疮，旧的疮疤刚刚长好，新的脓包又出现了。我不但考取了，而且工资不低，可是这种钱我该不该拿？

拿了这种钱是不是对我的名誉有损？这个难题直在我头脑中打转，我不回家，我直接往住在沪西的张戈家里跑。

张戈不在家，他的伴侣康白珊对我说："你别走，他马上就会回来。"不久，张戈果然回来了。我急忙把我寻找职业的全部过程告诉了他们，张戈高兴地说："工资不低呀，你应当请客，你应当请我们吃饭看电影！"我说："不，不，我很不安，在洋行里工作是不是有些下贱？我来问你，我明天该不该去上班？"张戈拉我坐下，他说："真奇怪！这有什么下贱？……照你的看法，在日本纱厂做工的女工、在外国轮船码头上干活的苦力，都应该辞职不干才显得清高是不是？……你要明白，这是出卖劳动力呀！……苦力和女工是出卖体力劳动，我们穷知识分子是出卖精神劳动，大家同样地都是出卖劳动力呀！"康女士也在旁边插嘴："出卖劳动力也不是出卖人格、出卖灵魂，这有什么不好呢？"

他们夫妻二人的话都是我从来没有想到的，对我很有启发，我相信他们说的都是真话。我也把心里的老底子说出来："我心里有个疙瘩，一方面我搞地下活动，一方面又为外国资本家服务，这岂不是自相矛盾？"张戈听了笑起来："就是这个矛盾呀！你真是个书呆子，不懂辩证法，地下活动的最终目的，就是消灭资本家对劳动力的剥削，这就是矛盾的对立统一呀！"

我心里的疙瘩全都解开了。我回家后又把情况告诉了表哥，表哥也很高兴，他说："你运气真好，我在商务印书馆干了两年，每月只有三十五元，你初出茅庐就是五十元，难怪你二哥一定要送你在上海上学。"我又把情况告诉了三哥，三哥说："你在没有'路子'的情况下自己找到'路子'，你比我强。"三哥在1926年白色恐怖下逃到上海，他是靠中华职业学校校长的"路子"才跨进上海市政府公用局的大门的。三个人对我找职业的观点与说法大不相同，但都是与自己的生活经历密切相关，看来这是一条铁打的客观规律。

第二天早晨，我是带着"出卖劳动力"的坦荡胸怀去上班的。

那个两次接待我的中年汉子自我介绍，他姓曹，是先灵洋行的总会计师，是先灵的老雇员。他又告诉我，中国经理杜先生是上海本地人，也是第一个买办（洋行的中国经理俗称"买办"）。他又告诉我："你的工作就在这间屋子里，靠东的写字台是杜先生的，靠西的写字台是我的，你就在靠南的写字台上工作，我们三个人共一间房子。"听他的口气，我的地位与他们一样。

曹会计又把隔壁房间里的德国经理请来和我见面。这是一个身材高大、服装笔挺的德国商人，右襟上插着一朵鲜花，长脸上有一双灰蓝色的眼珠，他盯着我看时那一双眼珠好像在团团地转动。他问我能不能讲英语，我摇头，他就回转身对杜买办说："这个画家不会英语，以后你就给他翻译，具体工作由你们告诉他好了。"说完就对我点点头走了。

杜先生也很和气，他告诉我一些画广告的程序要点，工具与参考资料都在抽屉里之后，着重提醒我："德国经理最讨厌三件事：第一是迟到早退，第二是在工作时间看报、会客、打电话，第三件是大声说话。如果不犯这三件事，每年年初都有加薪的机会，请你不要忘记。"

我接连上了几天班，工作很清闲，每天八小时的工作只要花三四个小时就可以完工。我的精力并不是花在画头痛腰痛之类的人物和药瓶药片之类的药品上，而是花在写广告中的说明文字上，比如药品的成分、作用与功效、剂量与用法等方面，字要写得工整，大小一律，这恰恰是我的缺门，我只好把多余的时间全花在写说明文字方面，有时故意磨洋工。

不到一个月，我也把这个洋行的内部情况摸清楚了。先灵在德国是仅次于拜耳的大药厂，有些药品在中国很出名，因此生意兴隆。在这个大厦里，先灵只租四间房间，除中外经理各据一间外，还有一间库房和一个大统间，里面坐了五六个职工，此外还雇了三四个医生做"跑街"。他们不坐班，每星期只来两次汇报工作。另外还请了两个山东大汉，负责上班前下班后的清洁工作。整个先灵一共不过十余人，薪水最低的也有二十元，那时上海生活水平很低，二十元可以养一家四五口，一块钱可以买八十个鸡蛋。

杜经理告诉我，为了省力，要我在德国的参考画册上找模特儿，把那些头痛腰痛的外国病人形象改成中国人形象，把外国背景改成中国背景（如宝塔、寺庙之类）。这种改头换面的绘图工作是出自德国经理的主意，对我来说，这是轻而易举的事情，所以我常常在纸上用铅笔勾勒一些病态的中国妇女头像，借此消磨时间。

那个戴花的德国鬼子很鬼，我的座位是背对着房门，他有时悄悄走到我背后偷看我作画，我也装作不知道，仍然埋头作画。有一次，他从我背后用两只长满了茸茸黄毛的手臂，一左一右地撑在我的写字台边，这是明白表示他在我的背后，我不睬他，他只好连声说了两句："啊，漂亮的女郎、漂亮的女郎！"就转身走开了。杜经理对我说："画家，外国赤佬对你的工作很满意哩！"我一笑置之。

然而没有多久，我就发现这个德国鬼子对杜买办和曹会计很不客气，说话是英语夹着德语，发音很重，有些气势逼人的样子，买办和会计只是听，一声不响。等外国人一走，曹会计就自言自语："又发脾气，又发脾气！"杜买办低头不语。我想，这就是殖民地主子对待奴才的态度吧。如果他这样对待我，我可不服气，我宁可失业，也不吃这碗饭。从此以后，我时时戒备，准备一场斗争。

不到两个月，这样的事情就重复了两三次。有一天，德国鬼子一进门就怒气冲冲，先是指手画脚地对曹会计说话，是英语，我能听懂的仅仅是一些数字，大概是钱的问题，声音越说越大越粗野，连"双料傻瓜"这种骂人的话也说出来了。接着又面对着买办训话，是英语夹着德语，我听不懂，只听出语句有不少重复，有不少问号。杜买办闷声不响。这个德国鬼子是以独白开始、独白告终，临出门的时候砰的一声把门带上。我实在忍不住，就回转身来对买办和会计说："这是干吗呀，发这么大的火？"杜买办慢吞吞地说："赤佬前几天自家对我伲说，要这么办那么办。我伲按照他的意见去办了，今天他又反过来说我伲办错了！"我说："那你们为什么不反驳呀？"

曹会计叹了一口气："画家，你不知道，反驳也无用！除非不吃这碗饭，要吃这碗饭就只好忍气吞声！"杜买办也对我说："画家，你不知道，德国赤佬就是这种脾气，今天对你破口大骂，明天又对你嬉皮笑脸！"

这简直是奴才口气，把屈辱与笑脸作交易，我就大声说："什么脾气，洋鬼子就是欺软怕硬，你硬他就软，你软他就硬。如果他骂我，我就打他一个耳光自己卷铺盖走！"杜买办连忙对我说：

"画家，你火气太大了！赤佬对你很尊重，只要你不在办公的时候看报，他不会对你怎么样，这是赤佬的脾气，摸清了脾气好办事！"我不相信脾气，我只相信"以眼还眼，以牙还牙"！

八月尾，我把广告都画完了，就到报架上取了报纸拿在手里看，恰巧那个德国鬼子走进门来，他一看见我看报就马上对买办说："画家为什么在办公时间看报？"买办如实地翻译给我听，我慢慢地把报纸放下，也不回转头来，面对着玻璃窗大声说："我八月份的工作全部完工了，九月份的工作没有下来，我无事可干，我不看报那我干什么？"杜买办把我的话一句一句地翻译给洋鬼子听，鬼子呆了一会儿，就不声不响地溜走了。外国人一走，杜买办就跑到我的面前说："画家，你真有种！你真有种！"曹会计也对我说："画家，外国赤佬就是服你，他处处服你，我看明年他一定给你加薪！"

我把这一场小小的斗争从头到尾告诉了张戈，张戈笑着说："我们到南京路示威没有示成，你倒在外国人的写字间里示起威来了！"

这就是我出卖劳动力的过程中最精彩、最有代表性的一幕。

『实践第一』

这是我和陶先生最后一次握手，匆匆一别就音信杳然。可是我和陶先生精神上的握手却永远没有分开、永远没有分开！

我知道陶行知是一个出色的与众不同的教育家，是两三年以前的事。我和陶先生的第一次见面，就是在 1932 年 12 月一个星期日的早晨。

三天以前，张戈就告诉我一个好消息，陶先生正在主编一种适合于农村的小学教科书，需要大量的插图，他委托张戈找两三个画家来担任这种工作。张戈就找了杭州艺专的老同学胡一川和我，他说："一川正在上海失业，满口答应。你不是也说画广告没有意思吗，这是一件有意义的工作，你可以在晚上画。如果同意，我们星期日早晨去见见陶先生，和他约定什么时候开始工作。"我说当然同意。

这个星期日清早 7 点半钟，我和张戈走了不少的路，从法租界走到英租界静安寺路西头一座坐北朝南的豪华公馆门前停下，张戈告诉我陶先生就住在这里。我惊讶地问张戈："怎么住在这么阔气的大公馆里呀！"张戈轻声地说："保护色嘛！"

我们敲开了大门，说明了来意。看门的老汉很和气，把我们引进门厅。穿过大花园，正屋是一座巍峨的大楼，我们却绕过大楼，走到左边一座简单的小楼楼下，陶先生就住在楼下第一间房间里。陶先生听见张戈喊，就打开房门让我们进去。这是一间四方形的斗室，屋里陈设很简单，一张床，一张书桌，几把椅子，其余都是书架，堆满了书籍和报纸。张戈把我介绍给陶先生，这个穿着一件灰布棉袍、方脸短发、很像乡下农民的陶先生说："好哇，你们是同班老同学呀，老手比新手强！"他一边让座一边说话："你们到过上海乡下吗？……老躲在画室里是画不出什么名堂的，不如到乡下去开开眼界，看看五谷杂粮是什么样子。我要你们画的就是这些老百姓一天也离不开的东西，你们愿意画吗？"我说小时候看过李时珍《本草纲目》里的木刻插图，这些东西容易画。陶先生听了就笑着说："你倒是见多识广……可是看画不是画画，要自己执笔在纸上去一笔一笔地琢磨，才知道画是怎样画成的。"陶先生说话完全是一个老大哥对小弟弟们说话的态度，满口安徽腔调，和我的家乡话近似，听起来格外亲切。

陶先生接着说："你们不要怯生，一回生，二回熟，熟能生巧，只要脚踏实地，天下无难事！"又说："胡一川不是没有地方住吗，我托人在小沙渡路武定路××里找着一间较大的亭子间，家具都有，你们三个人可以聚在一起画画。我给你们详细地址，你们回头先看看房子，房租我已经付了。"他边说边从桌上捡起一个早已写好的纸条递给张戈。张戈说："陶先生，我有家，我在家里画。"陶先生说："我知道，你们是秤不离砣，公不离婆！你告诉胡一川，小沙渡路离曹家渡不远，小饭铺很多，吃饭又方便又便宜，生活安定就可以安心工作了。小张，他们搬了家你就通知我，你是领头羊！"就这样，我们有说有笑地和陶先生告了别。

这天下午，张戈、胡一川和我三个人找到了这间亭子间，南北两面开窗，的确不小，屋里一东一西靠墙两张小铁床，两个小书桌，一个大书架，这都是陶先生托人预先买好了的。第二天，胡一川和我就搬了过来，一同开始崭新的夜生活。

搬家的第二天晚上，不到 8 点钟陶先生就和张戈一道来了，陶先生一进门就说："乔迁之喜，乔迁之喜……你们对房子满意吗？"他往我床上一坐，就打开了话匣子："你们两个都是单身汉，早就认识吗？……共同生活，各不干扰，吃饭方便吗？有没有什么特别的困难？"他打开带来的包裹，取出教科书的提纲和插图的目录给我们看，又取出几本插图样本放在桌子上，对我们三个年轻人说："这个目录你们互相商量，各自挑选，定期完成，定期交稿，这些琐事由小张负责，我就不多说了。"陶先生特别关心胡一川，问木刻有没有稿费，问作品在什么刊物上发表。当他听见一川说作品常常由鲁迅先生介绍发表时，高兴地说："我就是佩服鲁迅先生，他非常爱护青年，是一个了不起的热心人士！"上海冬天很冷，亭子间像冰窖，陶先生伸手先摸摸我床上的棉被，又起身去摸摸一川的棉被说："小蔡的被子厚实，小胡的太单薄，你要不要加一床毛毯？"一川说："不用不用，我早就习惯了。"陶先生说："不怕冷的习惯是艰苦生活养成的，年轻人能够吃苦耐劳就好！"他站起来，走近房门，又说："我走了，三天以后再来看你们的作品……你们不要送我，我从来不要人送往迎来。"说完就独自一人轻轻地走下楼梯。

两次见面，我发现陶先生是一个脚踏实地、非常务实的教育家，他把自己的名字从"知而后行"改为"行而后知"，就说明他是一个地地道道的实践主义者。他爱护青年人出于爱护祖国的未来，他对待我们三个人的态度完全是老大哥对待小弟弟的态度。他自己脚踏实地，也教导年轻人不要两脚悬空。他是我来到上海以后遇见的真正的老师，在他手下工作是我有生以来最大的荣幸！从此，我把画插图当作首要职业，而画广告不过是混饭吃的副业。

我和胡一川是初次相识，不过早就听张戈说过，他也是为了"八一艺社"的活动被杭州艺专开除的。他在上海熟人不多，所以除了木刻创作外他也专心画插图。

胡一川是福建留印尼的华侨，他有一般华侨所特有的热情，也有一般受委屈者所特有的冷漠。他不多讲话，除执笔外喜欢拉小提琴与唱歌。在我看来，他的小提琴拉得并不美妙，可是他用低音唱的《国际歌》和用高音唱的《梭罗河》却令我陶醉。他在拉琴唱歌之前老问我妨碍不妨碍工作，我说："我听你唱歌画得更起劲！"

我和这个亭子间的二房东从来没有见过面，不知何许人也，可是他家的老娘姨好像是个管家婆，一听见一川唱歌，就站在楼梯上听。好在一川常唱高音，很少唱低音，不怕让别人听见。

日子过得快，三天一瞬就到了。晚上不到 8 点半钟陶先生就推门进来，后面跟着张戈。张戈对陶先生说："请你先看我的画吧，我的画很像京剧中的'黑头'，有些粗野！"陶先生一边看一边说："真有些像'黑头'，不过还规矩，没有出什么纰漏。"接着看胡一川的画，陶先生说："小胡的画像京剧中的花脸，颇有图案作风，很美！"最后看我的画，陶先生说："你的画像小生，漂亮是漂亮，怕就怕专门和花旦青衣纠缠不清。"陶先生一来就笑语生春，他的话引得我们哈哈大笑。

陶先生告诉我们，出版社只肯给画插图的工资每月 80 元。陶先生说："这一点工资你们不能平分，小张、小胡每月 30 元，小蔡每月 20 元，因为你有职业。"我说："陶先生，你放心，没有工资我也干！"

陶先生再次地看了我们三人的插图，肯定地说："行、行，你们都及格，就这样画下去好了，速度也不用太快，因为我们编书的速度也不太快哩。"他站起来和我们告别，刚刚走下楼梯几步，又回转身对我说:"你明天一早到北四川路新亚酒楼楼下小卖部找我,我有话对你说。"

我有早睡早起的习惯,第二天不到 7 点钟我就赶到新亚酒楼的小卖部,看见陶先生一个人坐在一个不显眼的座位上。他夸我很守时,他为我要了一盘豆沙包,见我狼吞虎咽地吃完了,才郑重其事地对我说:"我约你来谈话,是向你约稿,我办了一个名叫《生活教育》的刊物,内容虽然都是教育问题,但是我提倡的中心意旨却是'实践第一',我认为生活本身就是实践,别的实践比如科学实践、艺术实践,都是建立在生活实践这个牢固的基础上的。生活是一本读不完的大书,它会告诉你各种各样的知识,它会培养你的思想意识,关键是看你在什么环境、什么遭遇、什么影响下生活,生活实践是头等大事。"

陶先生停下来问我听懂了没有,我直点头,说完全理解。他又继续说:"我写了一些诗歌想在《生活教育》上发表,我想请你为我的诗歌配合画些相同的内容,也可以叫做插图,也可以叫做画配诗,用不同的形象表现同一的内容,表现同一的思想感情,不知道你能不能做到?"我说:"实践第一,我试试看。"陶先生笑着点头,说:"那么我就考考你了。"他举出了一首诗歌作为例子念给我听,这首诗歌是:"天不怕,地不怕,日月星辰听我的话;只要自己站得稳,遇见阎王打一架!"他从皮包里取出白纸、铅笔递给我,笑着说:"请你当场献艺!"

我一兴奋,思维就特别敏捷,马上拿起铅笔在纸上挥动起来。我画了一个正面站立的堂堂大汉,他敞开宽大的胸怀,胸膛上画了太阳、月亮和星星,脚下踩着一块横匾,匾上写着"阎罗殿"

三个大字。我把这张草图递给陶先生，他一看就乐了，高兴地对我说："你真是个能手，你真是个快手，又快又准确！你的画比我的诗强，你的当场实践考第一！"他伸出手来和我握手。这是第一次握手，握得很紧，我感到他的脉搏和我的脉搏一齐跳动，配合得十分和谐！

从此以后，我除了画插图以外，还给陶先生的诗歌配画，每半月一次，每次两三幅（《生活教育》是半月刊），一直到这个刊物被当局禁止为止。

我必须说明，在我受到陶先生的表扬之后不久，又在另一件事情上受到陶先生严厉的斥责。我从他"满意"的峰顶上一下跌落到"不满意"的谷底。

那是陶先生照例到我们亭子间看画的晚上，到了9点钟仍不见陶先生踪影，我由于第二天早上要上班，就先钻进被窝儿睡了。还没合眼，陶先生就和张戈一道来了。他一见我躺在被窝里就说："怎么这么早就睡觉呀？"我说我一贯早睡早起。陶先生看完了我们的作品，又回转身对我说："起来，起来！我请你们到小饭铺去喝豆浆。"我告诉陶先生，我夜晚从来不吃东西，否则肚子疼。陶先生坐在我的床边说："你不吃东西就陪我们走一趟行不行？"我很笨，没有答应。陶先生又说："你起来不起来？……你不起来我就掀被窝儿！"他一边说一边真的掀开了我的被窝儿。糟糕！我身上穿的一套丝绒睡衣睡裤（这是表哥送我的）就露了出来。陶先生伸手摸摸我的睡裤说："难怪你不肯起来，怕露了马脚呀！……你知道什么叫纨绔子弟吗？"我涨红了脸，说不出话来。陶先生起身对胡一川、张戈说："我们自己去，不用他陪。"

走出房门又回转身来满脸怒气地对我说："你呀！你就和你的名字一样！"

陶先生这句话的分量很重，他是在发脾气了！我当时名字是一个"雍"字，是我父亲给我起的。本来雍字下面还有个玉字，我投考美专时自己把玉字取消了。等陶先生一走，我就连忙从被窝儿里爬出来翻字典，查查"雍"字还有些什么解释。可是翻来翻去，总离不开"雍容华贵"这个圈子。我想，这一定就是那套该死的睡衣让陶先生把它和纨绔子弟以及我的名字联系在一起的原因。我下决心要改名字，但一时又想不出什么，只好从雍字的谐音出发，改名若虹。我虽然不能吐气如虹，但作为理想亦无不可。

据张戈后来告诉我，陶先生对我那种只肯去大酒楼不肯去小饭铺的行为深为不满。他曾替我解释，说小蔡不是那种人，陶先生半信半疑。

我照样为陶先生的诗歌配画，趁交稿之便，我写了一封短信给陶先生，告诉他我已改名为蔡若虹，请他在发稿时再也不要用过去的名字了。可是等到我翻阅新的一期《生活教育》时，我发现作品照样发表了，可是作者既不是蔡若虹，也不是蔡雍，却是蔡鹤。

我对陶先生不经过我的同意给我改名字有意见，就趁陶先生再次约我到新亚酒楼谈话之便，当面向陶先生质问。

我问："陶先生，你收到我的信没有？"

陶先生说："收到了，收到了。可是发稿的时候我把你的新名字忘记了，只记得是天上的东西，因为发稿很急，来不及找你的信，就随手写了个蔡鹤。"

"鹤怎么是天上的东西呢？"我又问。

"鹤怎么不是天上的东西？鹤鸣九皋。"

我丝毫不让地说："鹤不能老在天上飞呀！它终究要落到大地上来的。"

陶先生好像发现了新大陆，他连忙接着说："你说得对呀！说得对呀！它终究要落到大地上来，我就是希望你回到大地上来呀！"

我也连忙接着说："虹也不是天上的东西，它是大地上的水蒸气浮在半空中，被阳光照射出来的反映！它也离不开大地！"

陶先生开心地笑着说："你说得对，我同意你的意见，我同意你这个大地与天空、与阳光的反映论。不脱离大地就是好汉……你不要生气，我以后发稿时一定记住若虹这个新名字好吗？……我们再握握手！"我再次伸出手来，再次被陶先生的手紧紧地握着，这是我们第二次握手。我的眼眶里饱含着热泪，那是感激的热泪！

1934年上半年又是一个凶年，《生活教育》被当局禁止而停刊，我和陶先生的诗配画也就中断了。出版社也变了卦，小学教科书的编辑与绘图工作也半途而废了，我和胡一川的共同生活也就突然分手告别了。从此，我失去了和陶先生再见面的机会，可是陶先生对我的恩情，却牢固得像烙印似的烙在我的心上。

1939年年初，我在赴延安的途中耽搁在昆明旅次。在当地文化界的一次欢迎会上，我欣喜地又遇见了陶先生，这是我和陶先生隔了5年之后的异地重逢。他明显苍老了许多，瘦弱了许多，惯常出现在他脸上的笑容也看不见了。他问我在昆明干什么，我说我是在等车到延安去。他一听说我去延安就马上伸出手来和我握手，这是我和陶先生最后一次握手，匆匆一别就音信杳然。可是我和陶先生精神上的握手却永远没有分开、永远没有分开！

我的画外功夫

所谓粗犷，就是体现了活跃的生命力和雄厚的气势。气势逼人是革命艺术的灵魂，也是新世界新社会的灵魂！

生活本身就是实践，别的实践比如科学实践、艺术实践，都是建立在生活实践这个牢固的基础上的。生活是一本读不完的大书，它会告诉你各种各样的知识，它会培养你的思想意识，关键是看你在什么环境、什么遭遇、什么影响下生活，生活实践是头等大事。

陶行知先生说过的这些话影响了我的前半生，是我牢牢记在心上的座右铭。陶先生这些话都是根本性的原则，经过我细细的咀嚼、细细的品味，就产生了众多的枝枝叶叶并且开花结果。

我想起我少年时代的家庭生活，这是我生活实践的第一步，是我的生活大书的第一页。两个第一，都说明我有生以来就有一个颇有特殊性的良好的开端。

我生长在一个所谓"世代书香"的人家。这种家庭的特点，不过是拥有较多的藏书、藏画而已。接触与爱好是肩并肩的近邻，我的家庭生活就自自然然地培养了我对文学与绘画的爱好。记得儿时，疼爱我的母亲经常把唐诗当作儿歌唱给我听，于是，诗的萌芽就在我幼小的心灵上冒出头来。年纪比我大得多的三个兄长都擅长丹青，家中画册画帖不少，这就培养了我对执笔造型的兴趣。因此，我从小学到师范，就读过《红楼梦》等四大名著以及谢冰心、郭沫若、鲁迅、老舍等作家的诗歌小说，在绘画上也观摩了芥子园以及丁悚、刘海粟、丰子恺等画家的画集画册。我的生活实践逐渐把我的思想、意志、兴趣，像造型一样把一堆泥土塑造得比较有形。陶先生说的艺术实践是建立在生活实践这个牢固的基础之上，完全与我的实践过程相符合。关于我今后的生活实践，当然应该在这已有的基础上继续加工。

我国古代的文人学者把画家的生活修养、文艺修养统称为画外功夫，这个古代名词与现代的生活实践实际上是同义语。功夫是不断磨练、日积月累的产物，生活实践也不是临时突击、浅尝即止的尝试，也是需要长期积累的。我把我今后的生活实践的通盘计划称为画外功夫，正表明我将虚怀若谷、日夜练功的决心。

由于我在洋行里出卖劳动力，不但经济生活稳定，而且工作时间也不多，因此有足够的剩余时间从事练功，有足够的时间让我自己塑造我的生活。从 1933 年开始一直到 1937 年抗日战争全面爆发为止，我磨练我的画外功夫，坚持了 5 年之久。这是我在定型上不断加工的 5 年，也是我生命旅程中颇为特殊的 5 年，这是我的思想意志日渐走向成熟的 5 年。我蹒跚学步，沙里淘金。传闻凤凰在投火之前，早在理想中长了一身新的羽毛。同样，我所坚持的 5 年，正是我理想中的辉煌的、新生的羽毛。

回想起来，我 5 年的画外功夫大致可以分为两种形态：第一，观察和积累过去的社会生活形态和各种人物形象，包括我经常阅读世界文学名著与经常看电影；第二，观察和积累现实的社会生活的形态及各种人物形象，这里包括我经常读报与经常逛马路。综合起来，读世界文学名著、看电影、读报、逛马路，是我磨练画外功夫的四部大合唱，也是我搜罗各种社会生活形态与各种人物形象，准备形象思维时取之不尽的一个内容广泛的仓库。

我有一种概念，总认为搞造型艺术的作者如果不从语言形象的广泛观察着手，他就不能真正理解人物形象的多样性和深刻性，他就不能从语言形象的启示中发现视觉形象的外表与实质的微妙关系。语言形象是老大哥，视觉形象是小弟弟，老大哥引路，带领着小弟弟走向艺术创作的舞台。

我读世界文学名著，总是专门在作者形容人物性格与外貌的描写上下功夫。每次看完一个人物形象描写，我老是闭起眼睛想象那个人物的外貌是如何如何，想象的语言形象转化为视觉形象，具体细节可能模糊，可是特点却分明可见。

我读世界文学名著，引起我连续不断的浓厚兴趣的第一本书，是丰子恺翻译的俄国屠格涅夫的《猎人笔记》，译文流畅而优美，想必原文一定非常优美动人。这是一本由许多小故事组合在一起的笔记，每个故事都有一个偶然邂逅的人物面影，每一段笔调都具有浓郁的感情色彩，苍凉、婉约、清新、豪放，是情感与理智的交流，是诗与散文的合唱，曲径通幽，引人入胜。这本书对我的影响颇深，我一读再读的癖好，就是从这本书开始。

接着，我阅读了契诃夫的很多短篇小说，书中的人物就不是简略的描写了，而是从人物的外表一直深入内心活动的细致刻画。如果说《猎人笔记》的特点是优美，那么契诃夫短篇小说的特点就是深刻。我把契诃夫称为擅长为"灵魂画像"的大师，一闭起眼睛，就能看见被作者描画得面目如生的各种各样的灵魂！

19世纪俄罗斯文学巨匠们的作品令我入迷，我不仅读了大文豪托尔斯泰的《复活》《安娜·卡列尼娜》，还读了陀思妥耶夫斯基的《罪与罚》《被侮辱与被损害的》，还读了果戈理的《死魂灵》，还读了赫尔岑的几篇沁人肺腑的回忆录。读了这许多作品，我才知道这些文学巨匠都是善于为"灵魂画像"的高手。他们不但画出了许多人物的精神面貌，而且还画出了这些人物所代表的社会阶层、时代背景和生活形态。这些作品的艺术魅力的确深入人心，令人婉转低回，思绪绵绵不尽。我对旧社会的上层人物与下层人物的遇合、爱憎、纠葛、决裂等现象有所感悟，也是从阅读这些文学名著开始的。此外，我还读了许多苏联现代作家的作品，其中以高尔基的《我的大学》给我印象最深，它说明了"生活实践本身就是一本读不完的大书"这一真理。

除了 19 世纪俄罗斯文学以外，我对法国的文学名著也同样入迷。在读了雨果的《巴黎圣母院》与《悲惨世界》之后，我又阅读了大文豪巴尔扎克的《人间喜剧》，至此我才认识到法国的文学作品尽管风格各异，其艺术魅力并不低于俄国文豪的作品。像《人间喜剧》这种深刻的鸿篇巨制，作者对于那些丑恶灵魂的解剖的准确和细致入微，简直比出色的外科医生手中的解剖刀还要犀利 10 倍。挑灯一席话，胜读十年书。我们艺术工作者不读世界文学名著，那就不会真正懂得旧世界的历史，那就不会真正懂得人生的过去形象是什么模样，那就不能汲取自己创作的营养，那就等于虚度了一生。

我遗憾的是，我独独没有读过英国的莎士比亚和狄更斯的众多作品。这并非我对英国文学漠不关心，而是由于我读世界名著的时间有限，遇见重要的章节我又一再重读，5 年一晃就过去了。这是我一生的遗憾！

流连于银幕观察，是我画外功夫的第二个重要节目。

我看电影有我自己的选择，既看有声电影，更多的还是看那些早已过时的无声电影，看那些多花两毛钱就可以连看几遍的电影。电影院是我搜集视觉形象的最佳场所，又是我最好的休息空间，在这里不会有人来打扰我，电影院比亭子间安全。

我的英语只有初中程度，这是师范学校英语教得特别慢给我种下的恶果。银幕上的英语对白我能听懂的很少，我对此也满不在乎，因为我并不需要了解全部的故事情节，我所需要的是形象、形象、视觉形象，形象看多了不懂也渐渐会懂。所以我喜欢一看再看。

无声电影更着重形象塑造，所以无声影片是我最中意的观察对象。《淘金记》《赖婚》《战地钟声》等影片是我早期有兴趣的读物，特别是那个经常扮演被社会抛弃的下层人物的卓别林，给我的印象最深。他那无可奈何的流浪汉角色，他那无依无靠的畸零人角色，他那把厄运当作好运气的滑稽角色，常常令我含着眼泪发笑，对他既同情而又有好感。在有声片《城市之光》里，卓别林又摇身一变从流浪汉变为产业工人，他带领着众多观众尽情地嘲笑那些剥削他、瞧不起他的上层人物。在《大独裁者》的有声片里，卓别林又转变为一个把地球仪当作足球玩的玩世不恭者，他又带领着众多观众尽情地嘲弄了那个纳粹魔王希特勒。卓别林用辛辣的嘲笑感染观众，用思想性指挥着艺术性，艺术性又指挥着娱乐性，让娱乐性又回归到思想性。这一良性循环，正是卓别林所独有的艺术特色。在我的眼里，卓别林是一个独一无二的具有进步色彩的卓越的"思想者"！

当然，20世纪30年代的上海，具有文艺性的美国电影很多，以名演员主演来吸引观众的影片也不少。5年中我前前后后看过的影片，在两百部以上。视觉形象太多了也容易忘记，我现在还有印象的只有《蓝天使》《亡命者》《自由万岁》《居里夫人》

这几部而已。

大概是 1935 年底，张戈兴奋地邀我去看苏联电影，这是一个突然而来的好消息，旧世界的银幕形象已经看得烂熟，新世界的银幕形象是什么样子呢？我们快步走到北四川路上海大戏院，也不怕别人笑话，拣了第二排座位坐下，睁着双眼面对着银幕，希望早一点开演。

这部电影片名《金山》，内容是"十月革命"胜利后苏联改造流浪儿的故事。我们像饿汉吃美餐似的狂吞烂嚼，看完了还不愿起身。在回家的路上思潮汹涌，直到回到亭子间躺在床上休息时才逐渐平静下来。狂热的兴奋之后的冷静，可能是头脑最清醒的时刻，我从纷纭的思路中清理出两条线索。首先是我感到视觉形象的优越性，活生生的有声有色的人物形象，到底压倒了静默的语言形象。可能是《金山》这部电影的人物形象特别生动、特别深刻，本来我早就应该发现的问题直到现在才发现。同时，我又感到，大刀阔斧的粗犷美压倒了精雕细刻的精细美。所谓粗犷，就是体现了活跃的生命力和雄厚的气势。气势逼人是革命艺术的灵魂，也是新世界新社会的灵魂！

"无限风光在险峰！"

革命文艺就是一座接着一座的险峰！

其次，我想得更多的是，理想与现实之间有一段不短的距离，理想到底是远距离的想象。而现实，不但近在眼前，而且像一块可以用手摸到的硬邦邦的生铁，使你不得不承认它是真实存在。这部改造流浪儿的影片，让我意识到新社会的确不是在空地上建立起来的，而是在旧社会满是乱砖碎瓦的废墟之上建立的；打扫乱砖碎瓦需要不少的时间，打扫思想上的乱砖碎瓦更需要漫长的年代。这些改造旧社会的过程，正是建立新社会的理想中的缺门，这就形成了理想与现实之间的距离。但是，理想的本质是"为有牺牲多壮志"，现实的本质是"敢教日月换新天"。没有前一句也就没有后一句，没有理想的先导也就没有现实的结局，理想是打开现实之门的一把金光闪闪的钥匙，有志之士绝对不能离开理想。

经常读报，是我画外功夫的第三个重要节目，也是我搜寻现实生活形象的一个重点。

我经常看的报纸并不很多，只有《申报》《时报》《文艺新闻》和小报四种。《申报》是上海的老牌和名牌，消息灵通而又比较准确，国际国内大事我只匆匆过目，甚至只看标题。我注意的是社会新闻和本埠新闻，从这里往往可以发现我所需要的创作素材和资料。由黎烈文主编的副刊《自由谈》，曾经多次发表鲁迅先生的杂文，尽管作者经常化名，可是我也常常猜中十之八九。

《时报》是一个新牌报纸，它除了以国际风云及国内名人活动为报道中心之外，经常发表一些关于琐碎的社会生活的短小新闻，这很满足我的需要。它还经常连载巴金的长篇作品，所以也吸引了很多读者。

《文艺新闻》是一张与"左联"有关系的小报，专门发表文坛作家活动的消息，它的出版断断续续，并不能经常看到。

上海的小报种类很多，名称不一，专登小道传闻、奇闻逸事，甚至为了向当局讨好而造谣生事，所以有些小报又称造谣报。说鲁迅拿苏联卢布，就是小报发表的谣言之一。我并不轻信谣言，但是我有我的看法，透过谣言的反面，往往能看出被污蔑者的真实面目。

逛马路是我画外功夫中搜集现实生活形象的直接手段。所谓逛马路，实际上是我深入底层生活的别称。

我逛马路是和洪叶、张戈同在上海美专时开始的，毕业后就很少和他们一起逛马路了。现在我逛马路与过去大不相同，我有自己的计划和目的，较以往更为随便、更为自由了。

上海上层社会的生活形态，以我在先灵的领导人物为例，无非是金钱、市场、汽车、洋房、酒馆、饭店、娱乐场所等等，没有多少例外。可是下层社会的生活形态，却五花八门、三教九流，应有尽有。我的门路不多，只能做些创造性的尝试，"我不入地狱，谁入地狱"？结果虽有所获，但情感上掀起了波澜，让我难堪！让我悲愤！让我思绪混乱不可终日！

我去过次数较多的场所，是那些穷街陋巷，是那些铺在路旁地面上的旧货摊。这里不仅有被上层社会抛弃的残缺不全的旧货，还有被上层社会抛弃的专门挑选旧货的穷人，旧货无非是一些破旧的瓶瓶罐罐、工具餐具、旧衣破鞋之类，挑旧货的穷人却各有各的面貌、服装、姿态、身材。其中老人较多，抽蹩脚烟、咳嗽、讲粗话、吐口水是他们的共同点。这些穷人观察旧货的时间都很长，也很仔细，那种讨价还价的手势，那种上海流行的口语，那种要买而又不买的窘态，都成为我一再观察绝不错过的对象。我从旧货摊上得到的创作灵感不少。

所谓"棚户"，实际上是贫民窟的别名。我只去过一次，以后没敢再去。因为棚户的主人多半是失业者和没有正当职业的浪人。疾病经常和这些人做伴，吵架、哭泣、咒骂……，是他们生活的集中表现。我西装革履地和这些衣衫褴褛的穷人打交道，是一件天大的蠢事，因为我会遭遇到他们的冷眼、白眼、吐口水，以及指桑骂槐的咒骂。从这里，我深刻地理解了下层人物对待上层人物那种天生的仇视。

有一次，我到小沙渡路一家简陋的小饭铺去吃午饭。时间还早，店堂里除桌子板凳以外没有几个顾客。老板娘是个粗粗壮壮的中年妇女，她一人兼会计又兼招待坐在柜台里指挥一切。我要了一份客饭，照例是一菜一汤和大碗白饭，我还没有吃完，进来了一个面孔又黄又瘦的中年男子，也要了一份客饭就坐在我的对面吃，他吃饭的姿态与众不同，好像一个饿了多天的饿鬼似的把白饭大口大口地往口里塞，我还没放下筷子他就吃完了。他低着头马上抽身就走，老板娘看见他没有付账就走，连忙追出店门一把把他揪住："你欺负老娘，你不出钱白吃饭！"她对这个男子拳打脚踢，并把他推倒在地上，用脚踩他的背部腰部，以致那个男子将刚刚吃到肚里的白饭又吐了出来。我连忙对老板娘大喊："你别打别打，我替他付账，我替他付账！"当我随着老板娘走进店堂付完账出门时，那个男子还俯伏在地上，我看见他正用双手把吐在地上的白饭一撮一撮地往嘴里塞。那种惨状，实在不堪入目。

又有一次，一个画漫画的"老上海"带我和另一个画家一同去逛日本窑子。上海妓院林立，我也的确想看看下等妓院是个什么样子，所以三个人就一同在一个夜晚在北四路上徜徉。黄包车夫带路把我们拉到横街一个漆黑的小胡同里，在一幢简陋的弄堂房子的后门外停下，"老上海"带领我们两个未婚男子走进后门，走上那个又陡又窄的楼梯，进了一个灯光黯淡的房间。房间中央放着一张大床，旁边站着三个穿垂地长袍的少女。"老上海"和那个青年画家马上在大床上坐下了，我站着不动，一个穿红色舞衣、画着黛色眼圈的女郎走近我，用上海话问我："你是来打炮还是过夜？"我一听这话马上回身就跑，跑出房门，被一个中国老太婆拦住，我用力推开她往楼下跑，那个又陡又窄的楼梯，与其说我是走下来的，不如说是滚下来的。我怕被她们追上，急急忙忙走出后门，外面一片漆黑，我在黑暗中摸索了好一会儿才摸到一个有灯光的巷口。回身一看，才知道这个妓院原来就在融光大戏院后面的小胡同里。

我心跳得厉害，一个习惯了出卖肉体的年轻女子，一个被损害的灵魂，一开口就把"打炮""过夜"这些脏话当作口头禅，实在不堪入耳。在我看来，她这种行为并不比那个把吐在地上的白饭一撮一撮往嘴里塞的惨状好多少！我这两次深入下层的体验，已经够我一辈子受用了。"幸福的人们生活大抵上是相同的，不幸的人们却各有各的不幸！"（大意）托尔斯泰老人这两句名言，概括了旧世界普遍存在的人间悲剧！

我的深入下层加强了我改造下层的决心。我的画外功夫也加强了我的画内功夫，加强了我后来同"阎王"打架的功夫！

漫画，同『阎王』打架的武器

『阎王』早已一去不复返了，但是，思想上的『牛头马面』仍然存在，这就是来自过去的贪污腐化，这就是来自敌对的『和平演变』。

1935 年 3 月，张戈找到了一个满意的工作，是去上海《中华日报》兼月报当美术编辑，除了摄影图片的日常安排之外，主要是创作时事漫画。

《中华日报》是国民党汪派（汪精卫系统）的报纸，主持人是曾经在苏联留学的林柏生，他手下无嫡系，只好邀请了很多进步文化人士来报社担任编辑和副刊编辑，其中有吴清友、艾思奇、聂绀弩、林默涵、张戈等人。这些文化人挂汪派之名，行左翼之实，这种千金难买的差事，又何乐而不为呢？

张戈最满意的不仅是漫画有用武之地，更满意的是能够经常和这些进步人士在一起，比孤家寡人一个在不同类型的人们中好得多。他的工作环境比我的工作环境好百倍，所以我在工作之余常到这个报社找张戈闲谈，因而也就认识了艾思奇、吴清友、聂绀弩、林默涵、聂紫等人。他们大都看过我在《生活教育》上发表的画配诗，透过作品看人，是 20 世纪 30 年代进步文化人士普遍的风习，所以他们都以自己人待我，非常亲切。这一点，我也有同感。

大约是 1935 年 5 月，张戈打电话到先灵找我约我面谈，说是我们又有了一个新的工作与头衔。我十分兴奋，一到时间就赶到报社与张戈会面。他说有一个名叫黄士英的漫画家来找过他，说有人要创办一个名叫《漫画生活》的月刊，特地请黄士英、张戈、黄鼎和我当刊物的主编。这消息突然而来，使我半信半疑。张戈又一本正经地对我说，现在"左联"因地下活动损失太大，目前要我们都尽力争取在文化圈子里进行公开活动，以便生活有所保障。他希望我们都对这个新的工作头衔加倍珍视。他这样一说我当然点头称是。

就在这天傍晚，张戈和我到离报社只有几步路远的郎静山照相馆楼上去和黄士英见面。这个黄士英据说是个"老上海"，中等身材，经常挂着一副笑脸，他一见我就好像见到多年不见的老朋友，用生硬的普通话对我嘘寒问暖。他说他已经在这个照相馆的楼上租了这个房间作为《漫画生活》的办公室，他说《漫画生活》的老板是文化人吴朗西，他说吴老板过几天请我们吃饭，借此大家见面谈谈刊物的集稿撰稿和出版之类的问题。

到了这一天，黄士英带领我和张戈到四马路杏花村酒楼楼下小吃部见了吴朗西。这是一个四川口音、戴近视眼镜、态度文雅的中年男子，他的作风谈吐和黄士英完全不同，比较端庄、比较严肃、比较稳重。他慢吞吞地告诉我们，他创办的美术生活出版社经济并不宽裕，只办两个刊物，一个是大型的双月刊《美术生活》，另一个就是月刊《漫画生活》。"请你们四位当主编，目的是人多可以号召较多的读者。名誉主编不拿月薪，执行主编的月薪也很低，但稿费一律从丰，请你们几位今后多多为刊物撰稿。"他的话简单明了，不掺半点虚假，使人听后放心。

这顿饭吴老板吃菜不多，但擅饮啤酒，自己一杯一杯地灌也不劝别人，这一点，让滴酒不尝的我很惬意。张戈也不多喝，只有黄士英陪着吴老板大灌特灌，吴老板的确有些海派作风。

这一夜我思潮起伏，久久不眠。我并不在意这个挂名的主编，令我心动的是"今后请多多撰稿"。离开陶先生不到半年，我的创作生涯又复活了，我又有了公开发表作品的园地了，我将画些什么呢？我将用什么作品去号召观众、影响观众呢？

　　我首先想起了我的《红背心的罢工》，这是我来上海后的第一幅作品，也是一幅闯了大祸的作品，今后我能不能再画出这一类的作品呢？接着我又想起了我给陶先生的诗配画，据陶先生告诉我，这些诗配画很受读者欢迎，可是当局也很讨厌，刊物被禁，这些作品也是闯祸的根苗。今后，我将采取什么内容来继承陶先生那种"天不怕、地不怕"的无畏精神呢？结果，陶先生的"遇见阎王打一架"的精神确切地、圆满地、痛快地回答了我心中反复蠕动的许多问号。

　　我是16岁时就遇见了"阎王"的，我不过是画了几幅反帝反封建的宣传画就惹得"阎王"要置我于死地，我如果不是跑得快就必定惨遭毒手。到了上海之后，"阎王"用刀枪和镣铐编织的白色恐怖之网，也时时刻刻等待我入网。一个接一个的烈士的热血未干，张如龙的影像还时常在我梦魂中出现，我能够就此罢休吗？我能够在挨打之后绝不还手吗？不，不，不！我必须还手，我必须掌握一种武器，这个武器必须是我所熟悉、我所爱好、我能运用自如的，这就是漫画，就是"请你多撰稿"的漫画。过去，我为陶先生的诗歌配画的那些作品，实质上就是漫画。我来上海后第一次创作的《红背心的罢工》，实质上也是漫画。这是一个多么难得的机遇啊！好，从此以后，我就把漫画当作同"阎王"打架的武器。

　　黄士英告诉我，上海的租界当局与中国政府合作，成立了一个专门对付进步书刊出版的书报审查机构，一切书报杂志都要把原稿送交审查通过后才能出版。他们穷凶极恶地刻了一个"禁"字图章，用紫色的印盖在不能通过的原稿上，让你今后不得翻身。

黄士英下了结论，我们画漫画的，既要讽刺，又不要锋芒太露，免得临时遭殃，被盖上"禁"字大印。

的确，陶行知先生创办的《生活教育》，就是在这个"禁"字下牺牲的。这使我不能不想到，同"阎王"打架既要有力量，又要隐蔽，这就需要在题材处理上花一点技巧。

我画了一幅标题是《死要面子》的漫画，讽刺当时蒋介石提倡的"新生活运动"。内容是画了一个又丑又老又爱俏的老太婆，她穿一身花花绿绿的寿衣，在进棺材之前还对着镜子搽粉，这是对俗话"搽粉进棺材，死要面子"形象化的演绎。这幅漫画我用了大红大绿的色彩，本来我准备在粉盒子上面写上"新生活"三个大字，为了隐蔽我临时取消了。黄士英把这幅画作为《漫画生活》的封面，居然躲过了审查老爷们的贼眼，顺利地通过发表了。黄士英高兴地对我说："效果很好，老百姓看得懂，因为他们本来对'新生活运动'不满，对蒋介石的引狼入室更为仇恨。"

《漫画生活》出版了几期之后，我觉得吴朗西这个老板很有办法。我猜想他可能与"左联"有点儿关系，因为他能够不止一次拿到鲁迅先生的手稿，鲁迅先生的《阿金》就是在《漫画生活》上发表的。黄士英也给我看过那些没有通过、被盖上"禁"字的文字原稿，其中也有我认得出的鲁迅先生规规矩矩的小楷笔迹，这使我愤慨，使我烦躁，使我想到很多有关的问题。

我首先想到的是从隐蔽的地下斗争转变为公开的社会活动两者之间的联系与区别，我们不能因为有"阎王"的禁令而取消斗争或减轻斗争的力量，也不能因为斗争的需要而蔑视禁令（那也等于取消斗争），地下与地上有一点是相同的，那就是应该有群

死要面子

策群力的群众性，也就是从群众、集团、阶层出发的共同性，单从个人或个别事件出发那是没有什么力量的。

我对《死要面子》这幅作品的顺利通过并不满足，我认为影射没有什么力量，要同"阎王"打架，这种方式只能说是没有被对方"还手"，或者不过是仅仅"招架"而已。我认为同"阎王"打架必须击中他致命的要害，或者从根本上推翻那个保护十殿阎罗的阎罗宝殿，就同地下斗争的最终目标一样。城市中的文化斗争应当与乡野中的军事斗争紧密结合，一个是武力对武力，另一个是文化对文化。那么，城市中的文化斗争（包括艺术斗争）应当从哪一方面着手呢？

我十四五岁的时候读过张如龙给我看的《共产党宣言》，那时对政治不感兴趣的我只是大略地翻翻，没有细读，不过旧世界的基本矛盾是无产阶级与资产阶级的矛盾这一点是懂得的。这一基本矛盾从社会生活中表现出来的现象是什么呢？我马上想到我所欣赏的世界文学名著留给我的一个总的印象，就是社会生活中上层人物与下层人物之间的遇见、纠葛、对立、决裂等等的千变万化的演绎。这是旧世界基本矛盾的形象化，这是世界上所有"阎王"与被压迫、被损害者的斗争缩影。想到这里，我得到一个重要的启示，我要表现上层人物与下层人物的矛盾与斗争，表现上层社会生活与下层社会生活的对立，表现两者之间由于时代的演变而产生的千变万化的对立形态，从而提醒处身下层、同情下层、参与下层的人们的潜意识，这将是我同"阎王"打架的精神武器。

自从《漫画生活》创刊以后，张戈也对漫画产生了浓厚的兴趣，他认为国内的"阎王"不好动手，就把国际上两大"阎王"（德国的希特勒与意大利的墨索里尼）作为主要打击对象。张戈的漫画很直接，就是瞄准这两个混世魔王的尊容和残暴性格进行无情的打击，拳头经常在画面上出现，所以聂绀弩戏称张戈是一个拳头画家。

直到我发现新的武器，下决心创作大量漫画的紧要关头，才感到我在先灵洋行画广告的优越性，它不仅给了我充足的创作漫画的时间（主要是进行作品构思和起稿的时间），而且还给了我一个比较清静，没有人来打扰的空间。这间通明透亮的写字间里只有三个人，另外的两个只专注于他们自己的生意经不干我事，外国人也不敢碰我。我手里拿着笔不停地活动，心里却在为自己的漫画作品刻意经营，从内容的构思到草稿的完成，都是在这间写字间里。五点以后回到亭子间，饭后稍作休息就在电灯光下再加工画稿，我有不少比较满意的漫画作品都是在这种情况下完成的。这些作品都曾在《漫画生活》中发表，没有被盖上"禁"字大印，这说明间接地推翻"阎罗殿"比直接打"阎王"有一定的隐蔽性。

我把这些作品用回忆的眼光记录如下。

《野餐》原名《皮唉泥唉》（PICNIC），是很受读者赞赏的一组作品。它取材于我国北方大旱成灾的新闻报道，下层灾民在野外觅食与上层阔佬的野餐的对照，是我自己的构思。一方面是大腹便便的剥削者和他的家属在公园草地上大吃大喝，另一方面是骨瘦如柴的灾民在荒野中寻找观音土和树皮草根充饥，都是野餐，可是吃的东西却天壤之别。这幅作品发表后黄士英接到很多读者来信叫好，他对我伸出大拇指，要我以后多画这类作品，我自己也很受鼓舞。

野餐（组画之一）

《红金龙与白锡包的碰头》取材于马路见闻。"红金龙" 是一种低级香烟的名称，"白锡包"是高级香烟中的名牌，这两种香烟是从来不在一起的，可是我借用工厂老板抽烟时忘记带打火机只好向一个正在抽烟的工人借火的描写，表现了工人的傲慢和老板的伪装。这幅作品也得到不少读者的赞赏，说这是一种巧妙的想象和虚构。

《朱门酒肉》是一幅酒和肉的形象特写，酒瓶上的商标是一个"血"字，肉是一大盘人的手掌和脚掌。这幅作品没有被盖上"禁"字大印，出乎我的意料。

《你吃我，我吃你》画的是两个衣衫破烂的乞丐坐在墙脚下捉虱子，一边捉一边把虱子往嘴里塞，背景是一个鲜红的比人还大的虱子。

《剩余的剩余价值》画的是摆着破旧用品的旧货摊与一些穿着破旧衣裳的穷人。我把穷人与旧货摆在一起，说明两者都是阔佬们眼中的废品。

《汽车一辆，赤脚千双》也是日常可见的马路见闻。我在形象描写上压缩了汽车而又夸大了赤脚，让它们在想象中作了对比。

《大烟筒与小煤块》画的是一个正在冒烟的大烟筒张开大口正在吞食黑色的小煤块，烟筒和煤块都画成人形，不过大小悬殊。

我记得以上作品都躲过了审查老爷们的贼眼，安然无恙地和读者见了面。但是，被盖上"禁"字大印的作品也不少，我现在只记得两幅，一幅是《只有狼，才会引狼入室》，画的是一头狼在敲门，一头狼在开门，门上有"中国"两个大字。另一幅是《红灯压倒绿灯》，画的是工厂主人在训话，罢工的工人们不听。其

红金龙与白锡包的碰头

你吃我，我吃你

剩余的剩余价值

余作品都早已淡忘了。

从以上的较深刻的记忆来看，值得我今天加以补充的经验教训有这样几条：

一、我的漫画创作都是从读世界文学名著和看电影中找到作品的主题（社会上层与下层的矛盾斗争）的，然后从社会新闻和马路印象中找到造型的细节。画外功夫决定了画内功夫，这一点是雷打不动的。

二、我的许多作品都是"主题先行"，也就是思想先行，大脑先行。那种"反对主题先行"的观念，是一种从根本上取消大脑的主导作用、片面强调纯客观的糊涂观念，这种糊涂观念从"文革"以后一直蔓延至今，对社会主义文艺创作不仅是误导而且是杀害。

三、我个人同"阎王"打架，经历了一个从"招架"到"进攻"的过程，打过胜仗，也打过败仗。但肯定的是漫画是一件锐利的武器。今天，在我们社会主义国家，"阎王"早已一去不复返了，但是，思想上的"牛头马面"仍然存在，这就是来自过去的贪污腐化，这就是来自敌对的"和平演变"。"阎王"不死，斗争不已。漫画这个武器要针对着国内的"牛头马面"和国际上的"阎王"，仍大有用武之地。

美术史上一面
反抗的红旗

这个最伟大最英勇的旗手，曾经多次地伸向美术创作的艺坛，而且举起了美术史上一面反抗的红旗，飘扬在神州大地之上。

这是一面以视觉形象标志着劳动阶级反抗的红旗，这是一面形象化的标志着受苦受难的劳动阶级觉醒的红旗，这是美术史上应当大书特书的，旧世界的创造者为了开辟新世界而举起的第一面艺术红旗。这面红旗就是鲁迅先生亲自编选、亲自装帧设计、亲自题写书名、亲自为一幅一幅画面写说明的德国女画家凯绥·珂勒惠支的版画选集。

我从鲁迅先生手里得到这本大型的画集时，狂喜不已！地点是上海施高塔路口内山书店，时间是 1936 年 5 月一个星期日的上午。

我是怎样得到这本画集的？话得从头说起。

自从 1935 年在《中华日报》社编辑部认识聂绀弩以后，由于经常见面，见面必谈，谈话中又经常提到鲁迅先生，我对这位左翼文坛的主将的崇敬就与日俱增了。绀弩主编的文艺副刊《动向》很出色，特别是关于"文艺大众化"的名家讨论很能吸引读者，也得到了鲁迅先生的认可与支持。在我看来，绀弩与鲁迅的关系很密初，有经常往来的事实存在。绀弩称鲁迅为"老头子"，这个通俗而又亲切的代号，常常从绀弩口中讲出来。绀弩爱讲，我也爱听，在一碗饭菜两根纸烟（我和绀弩常常共进晚餐）的谈话中，"老头子"如何如何，便成为我们谈话的起点或终点。

"老头子说，中国人的作品，一定要让中国人能够看懂。"这是绀弩在评论我的漫画作品立意很好，但不容易被人看懂后又补充的一句话。我把前后两句话联系到一起，便认为这是"老头子"对我的漫画提出的重要批评。对于一贯只听好评的我来说，的确是受了一次灵魂的震撼。这以前，张戈就说过看我的画思想要转三道弯，黄士英也说我的画有长处有短处，短处就是不容易看懂。现在老头子把"懂与不懂"提到中国作者怎么才能尊重中国读者这个问题的重要性上，这怎能不让我大为震动哩！我仔细检讨，我作品中的形象塑造很有模仿德国乔治·格罗斯的造型之嫌，我作品的标题也往往有故弄玄虚之笔，这可能是读者看不懂的两大障碍。当然，我不能为了同"阎王"打架采用了隐蔽手段却让读者"看不懂"，我一定要扫除障碍，把鲁迅先生这句批评当作我改进创作的座右铭。

"老头子说为了表现比较深入的内容，连续故事画比单幅的图画容易见效"，这又是绀弩在评论漫画作品之后向我提出的建议。我读过鲁迅写的两篇谈连环画的文章，完全赞同这一建议。但我不善于运用这种表现形式，虽然在抗战后我也多次试笔，可是效果虽好，但我们创作的数量却很少很少。

"老头子说，他想把他主编的《海燕》办成一个杂文与漫画合流的刊物，他要我委托你替《海燕》征集漫画稿件，你同意不同意？"我马上回答"当然同意"。我仔细看过《海燕》的创刊号，这是一本大型的杂文刊物，内容既深刻而又生动，既幽默而又严肃，要我为这本刊物征集稿件，我深以为荣。可是正当我准备征集漫画稿件时，绀弩又告诉我，《海燕》被禁止而停刊。

"老头子常常到内山书店去和内山完造谈天，你不是也常到内山书店去看书吗，你见过老头子没有？"我说我没有见过，因为我只注意书刊和画册，从来没有注意人。不久，我刚刚走到内山书店的门口，就看见放在门外的广告牌，上面写着鲁迅编选的《凯绥·珂勒惠支版画选集》在本店代售的字样，我大喜，心想我可以再一次看到那幅曾经令我梦魂颠倒的《战场》了。进门一问，内山完造就笑容满面地捧着那本画册从里屋走出来，我把画册拿在手里七翻八翻，很快就翻出了《战场》，我高兴得眼热心跳，一问书价，是四块大洋，在 20 世纪 30 年代这四块银元是穷人半个月的生活费，恰巧我身边有钱。付了钱，内山又回到里屋捧了一盘糖果出来款待我，我向里屋一看，呀！鲁迅先生正盘着双腿坐在那里对我点头微笑哩。我和先生从未谋面，他也不知道我是谁，也许先生估计一个肯花钱买一本画集的人，可能是个能识别艺术高下的知音，所以才以点头微笑作为回报。这是我与先生最初的会面，也是最后的会面，离先生谢世的 10 月只有 5 个月之久。

我无比兴奋地挟着这本大型画集回家，走进亭子间，也不休息，一口气读了一个多小时，以后每天上班之前下班之后都要反复观看反复欣赏，真正是如获至宝。

封面是鲁迅先生自己设计的，藏青的绫子封皮上贴着小小的长方形的洒金书笺，上面写着"凯绥·珂勒惠支版画选集，一九三六年上海三闲书屋印造"等大小不同的篆中带草的毛笔字，这分明是鲁迅先生的手迹。

翻开封面，接连两面扉页、前页上除了先生用大篆楷写的画集书名外，又铅印了"亚格纳斯·史沫德黎序"及"鲁迅选画并作序目"的说明。后页上铅印了画集的制作过程、年月、地点、原稿的出处、制作的材料、数量等字祥，并且特别注明"有人翻印，功德无量"字样，从这些琐细的叙述中，可以看出先生为了这本画集的出版耗费了多少心血！

珂勒惠支作品《战场》

　　画集全部用中国宣纸珂罗版精印，而且是线装书，古色古香的，掩藏着雄健与深刻的内容。

　　由茅盾先生翻译的史沫德黎的序文，写得气势昂扬、强劲有力。这个女作家大概是女画家的老友，她详尽地阐述了版画作者的出身、学画过程、生活经历及性格特征，更为重要的是，她指出了作者的两大特色，其一是"和劳动阶级（这是她的存在的一部分）全然合一的意识"，其二是她的作品"有两大主题支配着，她早年的主题是反抗，而晚年的主题是母爱"。我把她指出的这两点和画集中全部作品相对照，的确是天衣无缝。

　　序文中还插有三幅木刻版画：第一幅是作者的自画像，寥寥的几道刀痕，突出了作者的坚强性格；第二幅标题是"生者之于死者，一九一九年一月十五日纪念"，画的是一个从尸布中露出的坚强的头颅和一大群垂首默哀的劳动者，这是一幅纪念李卜克内西的作品；第三幅的标题是"父母"，描写的是两个互相拥抱的、跪在地上的，在战争中失去儿子的父母那种无比沉重的悲痛与哀号。

　　鲁迅先生为版画选集写的序目，更是熔序言、目录、作品介绍于一炉的精粹文章。首先特别交代了作者的生活特点是与柏林的"小百姓"亲如手足，艺术作品的特点是"为一切被侮辱被损害者悲哀、抗议、愤怒、斗争"，这和史沫德黎的序文是互相呼应的，他还在二十多幅作品中为每一幅作品作了文字说明，其中掺杂着自己的感受、形象的联系与想象在内，十分生动感人。我在这里只引用选集中关于《农民战争》连续故事画七幅中的三幅文字说明于下，作为文字说明和作品内容介绍的有力例证。

第一幅《耕夫》的文字说明是:

这就是有名的历史的连续画《农民战争》的第一幅。画共七幅,作于一九〇四年至一九〇八年,都是铜刻。现在据以影印的也都是原拓本。"农民战争"是近代德国最大的社会改革运动之一,以一五二四年顷,起于南方,其时农民都在奴隶的状态,被虐于贵族的封建的特权……农民就觉醒起来,要求废止领主的苛例,发表宣言,还烧教堂,攻地主,扰动及于全国……这里刻划出来的是没有太阳的天空之下,两个耕夫在耕地,大约是弟兄,他们套着绳索,拉着犁头,几乎爬着的前进,像牛马一般,令人仿佛看见他们的流汗,听到他们的喘息。后面还该有一个扶犁的妇女,那恐怕总是他们的母亲了。

第二幅《反抗》的文字说明是:

……谁都在草地上没命的向前,最先是少年,喝令的却是一个女人,从全体上洋溢着复仇的愤怒。她浑身是力,挥手顿足,不但令人看了就生勇往直前之心,还好像天上的云,也应声裂成片片。她的姿态,是所有名画中最有力量的女性的一个。也如《织工一揆》里一样,女性总是参加着非常的事变,而且极有力,这也就是"这有丈夫气概的妇人"的精神。

第三幅《战场》的文字说明是:

……农民们打败了,他们敌不过官兵。剩在战场上的是什么呢?几乎看不清东西。只在隐约看见尸横遍野的黑夜中,有一个妇人,用风灯照出她一只劳作到满是筋节的手,在触动一个死尸的下巴。光线都集中在这一小块上。这,恐怕正是她的儿子,这处所,恐怕正是她先前扶犁的地方,

珂勒惠支作品《耕夫》

珂勒惠支作品《反抗》

但现在流着的却不是汗而是鲜血了。

　　怎不令我震动呢！你看，鲁迅的文字描写和凯绥·珂勒惠支的形象描写同样的深刻、同样的震撼人心！

　　这个版画选集的序目，鲁迅先生写于1936年1月28日，距他逝世的同年10月19日不过九个月，是他最后的力作。由此可见，先生一生辛勤笔耕，鞠躬尽瘁，为文字建设尽了最大的努力之外，又为美术建设作出了多种贡献。人们只知道他为新兴木刻的崛起创办了木刻训练班，又和木刻家李桦、罗清桢、陈烟桥、陈铁耕等等在通信中讨论创作道路，介绍作品发表，培养了一代新人。他提倡"拿来主义"，一手伸向西方，把麦绥莱勒的《一个人的受难》介绍给中国读者；一手伸向民间，为章回小说的绣像插图和大人先生瞧不起的连环图画作辩护，提倡美术作品要让大众看懂。现在回想起来，无论他提倡木刻漫画，还是他关心插图和连环图画，都有一个共同目的，这就是引导美术创作走上"表现社会生活"的康庄大道。他帮助美术学徒跨过了两道铁门槛，一道是中国画学习中片面进行"人物、山水、花鸟"训练的铁门槛，一道是西画学习中片面进行"人体、风景、静物"训练的铁门槛。这两道铁门槛都把"社会生活"拦在门外，只有木刻、漫画、插图、连环画在门外逍遥自在。鲁迅先生这一伟大目的是鲜为人知的。

　　鲁迅先生深知，从事形象塑造的画家迫切需要可以作为榜样的现成形象来引路，所以他一发现美术创作缺少什么，就连忙介绍外国的、民间的作品作为样品，填补我们的空白。现在，他又推出了美术史上空前的一面反抗红旗，谢天谢地，这恰巧填补了我在描写下层劳动人物中一个最大的缺门。这就是我为什么如获至宝、为什么反复阅读，把这本画集当作我艺术生命的根本原因。

现在回想起来，这本《凯绥·珂勒惠支版画选集》给我的启示和引导有两个方面：一个方面是创作主题上的悲痛与反抗的结合；另一个方面是表现形式上的现实与理想的结合。跟随着时代前进脚步的创作主题和跟随着创作主题前进的艺术手段，加上我自己的感受，加上我自己的浮想联翩，交相辉映，都把它如实地记录在下面。

我认为，"劳动"是造型艺术永恒的主题。从艺术的发展历史来看，原始人在岩画中留给后代的狩猎行动和狩猎对象，就是人类最早的劳动实践的真实样品。意大利文艺复兴时期在米开朗琪罗手下涌现的各种各样的人体形态，都是劳动者所特有的动作形态，人体美的实质应当是劳动美，文艺复兴的实质应当是劳动的复兴。到了 19 世纪，法国出现了伟大的农民画家米勒，他画出了静悄悄的劳动美，画出了静悄悄的勤劳的农民们的"忍受"，他的杰作《晚钟》，就是在静静的苍茫暮色中一声"忍受"的沉钟。千百年劳动阶级的"忍受"发展到不能忍受的地步，于是出现了德国的凯绥·珂勒惠支这位勇敢的女画家，她用锐利的铜刻尖刀，划破了保守千年的"忍受"，举起了一面"反抗"的红旗，"于无声处听惊雷"！这对于静悄悄的以劳动为主题的美术史，的确是一声惊天动地的惊雷！电光一闪，天地变色！这对于已经树起劳动红旗的苏联大地来说，对于已经树起五星红旗的神州大地来说，都有不同的重大意义，特别是对 20 世纪 30 年代的中国，这就是与红军万里长征相配合的艺术信号。

我认为，现实生活的理想化，是造型艺术的最高境界。造型艺术最忌百分之百的客观再现，也最忌百分之百的主观臆造。植根于生活实际的理想，发源于生活实际的理想升华，是艺术的最高境界。《凯绥·珂勒惠支版画选集》中的形象特点，就是生活实际与理想形象相结合的典型。她在《耕夫》中描写的那种用力用到了尽头、身躯几乎与地面平行的爬行状态，她在《反抗》中描写的那种为了迅速前冲，双脚几乎悬空的愤怒状态，她在《战场》中描写的在模糊的夜色中只劳动者所独有的手背（这是一只触动儿子的尸首的母亲的手），都一再地说明她的形象塑造，不是客观再现，不是主观臆造，而是现实与理想的有机结合。这一点，是值得我们这些艺术学徒虚心学习的。

鲁迅先生把这种造型艺术的最新信号与最高境界介绍给中国读者，除了衷心感谢之外，我想模仿先生的口吻，说一声："功德无量！"

毛泽东同志在 1940 年初写的《中国文化革命的历史特点》中称鲁迅为"五四"以后"这个文化新军的最伟大和最英勇的旗手"。这个名实相符的称号，招引了千千万万的文化战士对鲁迅先生的顶礼膜拜。在我看来，这个最伟大最英勇的旗手，曾经多次地伸向美术创作的艺坛，而且举起了美术史上一面反抗的红旗，飘扬在神州大地之上。他是文化新军的旗手，同时又是反抗的红旗的旗手，两旗并举，日月同辉！

伟大的凯绥·珂勒惠支永垂不朽！

伟大的旗手鲁迅先生永垂不朽！

禁止与反禁止

笔杆子只有与枪杆子合作才是唯一出路，这个在文化「围剿」与反「围剿」的激烈斗争中的一员猛将，得到了名副其实的归宿。

万木霜天红烂漫，天兵怒气冲霄汉。雾满龙冈千嶂暗，齐声唤，前头捉了张辉瓒。

二十万军重入赣，风烟滚滚来天半。唤起工农千百万，同心干，不周山下红旗乱。

上面一首《渔家傲》，是毛泽东同志1931年春写的，主题是"反第一次大围剿"。词中流露出来的壮丽情怀，正是反军事"围剿"胜利后信心百倍的显示。这种信心百倍的情绪，也在反文化"围剿"的战士们的心中同样存在。

军事"围剿"和比之迟一两年的文化"围剿"，是反革命头子蒋介石和他的臭名昭著的"攘外必先安内"政策中的两把鲜血淋漓的屠刀。自从1931年"九一八事变"之后，这两把砍向共产党头上的屠刀，不仅在钢铁似的岩石上碰了不少缺口，而且引起了全国劳动人民的憎恨与厌恶。

在上海，禁止与反禁止的激烈斗争，正是文化"围剿"与反"围剿"斗争的一个组成部分。1934年陶行知先生主编的《生活教育》被禁止而停刊，不过是上海文化"围剿"的头一步。陶先生不但没有屈服，而且还继续创办了类似《生活教育》的工学团，深入民间，深入人心，陶先生的"反抗实践"仍然是放在第一位。1935年《漫画生活》创刊不到半年，就被禁止而停刊了。

黄士英信心不足，埋怨有的漫画作品锋芒太露，可是吴朗西老板却岿然不动，他说："他们禁他们的，我们出我们的。"他把刊物的名称倒过来改为《生活漫画》，照样出版，并且要我们安心做主编，安心继续撰稿。

《生活漫画》出版不过三个月，又被禁止而停刊了。吴朗西为了顾及美术生活出版社的安全，说暂时不再出版漫画之类的刊物了，以后见机行事，并向我们告别。可是黄士英认为漫画刊物很能赚钱，他个人筹备再出版一个叫《漫画世界》的月刊，除掉我和张戈、黄鼎三个人的名字，由他一人主编。他来到我住的亭子间里向我解释，他认为我们的名字太红、太危险，所以不得已退让一步，把我们三人除名，但仍然请我供稿，稿费从丰。

我听他的口气很不对，就说我以后不再画漫画了，请他以后不用再来。他嬉皮笑脸地硬是不走，就像生意人似的讨价还价地说："别人每幅漫画一元，你五元好吗？……八元好吗？……十元好吗？"我愤怒极了，硬把他推出房门，不许他再来。事后，张戈不同意我这种态度，他说："你把事情做绝了，要知道，在这个世界上，不会有很多人给你撑腰的。"

可是，事实上给我撑腰的大有人在。不过几天，我就接到邹韬奋先生写给我的一封短信，他约我下星期日上午8时在生活书店楼上面谈。

我与邹先生并不相识，心想，他约我面谈是不是约我画漫画？到了星期日早上，我找到了四马路生活书店楼上，邹先生正在等我。

这是一间极为普通的编辑室，光线不好，白天也要开灯才能工作。邹先生也是一个极其普通的中年人，衣服并不整洁。当我自我介绍之后，他既不寒暄也没有什么开场白地让我坐下，然后开门见山地对我说："我约你来面谈，是想请你为《大众生活》（这是《生活周刊》被禁止后改用的新名称）撰稿，每周一期，每期四幅漫画，每星期三上午交稿，不得延误。"这些话说完后他问我听明白了没有，我说听明白了，他也就不再说话了。

我正在盘算他约我撰稿为什么不说说他所需要的作品内容之类的要求，他见我沉默不语，就细声地问我："你住的是亭子间吗？……二房东是干什么的？……你和二房东的关系好不好？"我说："我每天早出晚归，除了睡觉很少在家，很少和二房东见面，根本不晓得他是干什么的。"邹先生听后很不以为然，他直截了当地对我说："你在租房子的时候就应当打听清楚，你太马虎了。"过了一会儿他又说："上海租界上的二房东，往往和巡捕房里的'包打听'有关系，你应当明白。"他这一句话的确把前面提出的许多问号都交代明白了。我恍然大悟，韬奋先生是在关心我的安全哩！我又遇见了一个把我当作小弟弟的老大哥，陶行知先生刚刚离开不久，又来了一个邹韬奋先生，在家庭生活中一贯享受小弟弟优待的我，对此怎么能无动于衷呢？

我问邹先生："每星期四幅漫画，你对作品的题材内容有何指示？"

邹先生说："我是多次见过你的作品才约你撰稿的，你仍然根据你自己的看法创作好了，我这个刊物在'生活'上加上了'大众'二字，你只要不离开大众就行了。"他说完就从桌子上拿起笔来，好像说"你可以走了"。我马上站起来告辞，他也不送我，只补充了一句："记住星期三上午。"

这样的纯真，这样的坦率，这样的诚恳，世界上有什么比发现两个初次见面的人有内心默契更为愉快的呢？世界上有什么比两个陌生人一见面就谈得情投意合更为可贵的呢？我脚步飞快地回到家，恰巧在楼梯旁边碰见了那个穿长衫的二房东，我连忙自我介绍，并且告诉他我在德商先灵洋行工作。二房东问："这个洋行是在外滩吗？"我说："在圆明园路女青年会的三楼。"二房东笑眯眯地说："侬有个好差使！"就握手告别了。

我现在记不清我到底为《大众生活》画了多少幅漫画，我只记得我画得特别用功，构思时牢牢记住鲁迅先生说的"中国人的画一定要让中国人看懂"和表现劳动群众时一定要表现他们的"反抗精神"。前一点，我在描写人物形象时有意地取消了夸张；后一点，我在取材上选择了群众游行示威之类的事件。我不知道邹先生对此有何看法，但是每个星期三我交稿后漫画都如期地在刊物上发表了，这使我放心地继续工作。

我接到邹先生第二次来信，是 1936 年的春夏之交，他又约我面谈，并嘱我切勿误时。我届时赶到编辑部时，邹先生正整装待发。他只简单地告诉我他介绍了我参加上海文化界救国会，他猜想我不会不同意，"现在马上要开大会，我邀你一道去参加"。他边说边走，会场在西藏路大马路转角处的宁波同乡会。我们从四马路西头出发，不过一刻钟左右就到了目的地。邹先生让我先签名，他后签名，两人一同走进会场，人没有坐满，他拣了靠近前排的两个空座和我并肩坐下。他从上路时开始一直没有和我说话。

记得在台上第一个讲话的是章乃器先生，他平静中带有慷慨激昂的语气得到了多数人的掌声。后来还有两三人继续讲话，姓名记不清了。台上有人要韬奋先生上台讲话，邹先生摆手，一直到散会后他才对我说："我们各自回家吧！"

我接到邹先生第三次来信是由金仲华先生在星期日上午直接找到我的亭子间里交给我的。信中说："《大众生活》被禁止停刊了,你不要松懈,照样星期三交稿。仲华是我老友,他勤于走动,以后我有话由他代转,你有话也可向他说,我们天天见面。"

金仲华先生与我虽是初次见面,但他那平易近人的态度和体贴入微的谈吐让我一点儿也不感到陌生。他说:"你这个亭子间不坏,光线很好,可是韬奋要我替你另找房子。我住在吕班路万宜坊××号,我希望我们能够常常见面。"我说:"我朋友不多,也希望我们常常来往。"他又说:"韬奋要我告诉你,你愿意怎样画就怎样画,不要因为刊物被禁就改变主意。刊物是不怕禁止的,换个名称,再和读者见面……你的作品每星期三交给我好了,我不会误事。"金先生说话有点口吃,可是他的话和邹先生一样简短明了。我送他下楼时在后门口对他说:"我下星期三一定去看望你。"

到了那一天我找到万宜坊去看金仲华先生时,一见面他就对我说:"你来得正好,我替你找到一处新居,就在万宜坊对面的白俄公寓二号楼的后院楼上,我们一同去看看好吗?"我说:"白俄公寓安全吗?"金先生笑了,他说:"你不要以为有一个'白'字就当心,他们只要你照付房租,别的事情一概不管,这一点比中国二房东可靠。"他拉着我的手走出万宜坊,边走边说:"每月房租15元,我已经代你交了,你稿费不少,我猜想你交得起。"说着说着就到了目的地。

这是一排四栋连在一起的旧式洋楼,二号楼的后院楼上是两小间居室,里面一间是卧室,有两张小铁床,一个衣橱,一个梳妆台。外面一间是书房兼会客室,靠窗摆着一个书桌、一把椅子、一个小书架、一个旧沙发。窗户都是向北,窗外有不少树木。我对这套房子很满意,带我们看房子的房东是一个五十上下的白俄妇人，她用上海土话对我说："这房子好来兮，每月 15 元大洋，外加一元电灯费，侬夜里厢不关灯也行！"她这一句上海话把我们都逗笑了。我说："好，我明天下午就搬来。"房东把门上的钥匙交给了我。

就这样，我意想不到地很快离开了那搬来搬去的亭子间。

金仲华先生一家有老有小，我是单身汉，两家只隔一条吕班路，我们来往方便，我总是主动地去找他，毕竟他年纪比我大好几岁，免得他上楼下楼去找我。

金先生是一个思维缜密、做事周到的文人，写得一手好文章，而且对漫画有特别嗜好，他把他搜集了多年的一大册外国漫画剪报的集子送给了我，他说："我就是喜欢搜集，其实我自己用不着。"这本集子一共有 200 多幅时事漫画，作者约 20 人，作风不同，取材和表现手法也多种多样，对于我以后画国际时事漫画很有参考价值。

《大众生活》停刊后不到 10 天，就改名《新生》又出版了，主编也换了姓名，可是刊物的内容还是照样的泼辣。这个《新生》只出版了三期又被禁止停刊了。金仲华先生对我说："野火烧不尽，春风吹又生……你照样星期三交稿！"

我实在被邹韬奋先生的反抗精神所感动，于是创作更加努力，画漫画常常画到深夜，"夜里厢不关灯也行"同样帮了我的忙，这是我在上海画漫画的鼎盛时期，"身居危难见精神"，我被反禁止的精神鼓舞得彻夜难眠！

《新生》被禁止停刊后改名《永生》，主编又换了姓名，内容一如往昔，不到三个星期，《永生》又被禁止而停刊了。

金仲华先生又到公寓里来找我了，他告诉我："《生活》三易其名终究逃不脱反动派的魔掌，韬奋要我告诉你，刊物再在上海出版已属不可能了，他想转移一个地方，到香港去办一个《生活星期刊》，他自己先去筹备，等有了眉目，希望你我都去香港。"我正在犹豫不决，金先生又对我说："当然，你有工作在身，不去香港也行，有我在这里，我每星期给你邮寄画稿不是也一样吗？"我连连点头，觉得金仲华先生简直是邹韬奋先生的化身，对人对事能够体贴入微，我在上海受到这几位老大哥的照顾，实在是三生有幸！

邹韬奋先生离开上海去香港大概办事很不顺手，《生活星期刊》迟迟没有出版。金仲华先生照样和我接近，而且不断介绍我为一些新的刊物撰稿，这是后话，暂且不提。现在隔了六十多年，回想20世纪30年代上海文化"围剿"与反"围剿"的激烈斗争，仍然历历在目。我在反复阅读《毛泽东诗词集》之后，模仿他在第一次反对军事大"围剿"之后写的《渔家傲》，也写了一首《渔家傲》，现在抄在下面：

雾锁春申悬禁令，书刊乱盖阎王印。你有围攻我破阵，三反禁，此公就是邹韬奋。

笔与长枪共命运，从军可泄心头恨。笔有锋芒枪有劲，齐待命，不周山下红旗振！

从1935年秋到1936年4月，我与邹韬奋先生合作将近一年，他对我和作品的信任，比陶行知先生对我的信任有过之无不及。自从他离开上海以后，我们之间的关系也没有中断，金仲华先生告诉我，邹先生和他通信时常常问起我的近况。谁知道，当我

1938 年去延安的途中到达四川重庆时，已经是 1939 年的 4 月了，当时我住在八路军重庆办事处的宿舍里等车去西安。记得是第三天上午我正在宿舍附近的马路上散步，突然迎面碰见了韬奋先生，他一见我就抓住我的手问："你在重庆干什么？"我说我是去延安在这里等车的。他又问："你去延安干什么？"我说我是去学习的。邹先生马上说："我们在外面照样学习，你不要去延安，我正在这里筹备恢复出刊物，我们再合作合作好吗？……你不去延安，我只要对周先生（指周恩来同志）说一声就行，你同意吗？"我想我走了五六个月好不容易才到达重庆，怎么能够半途而废呢？但又不好完全拒绝，只好不置可否地"嗯"了一声，他才放手让我走开。

我一回到办事处，就急忙问什么时候有车去西安，回答是明天上午就有辆卡车，就这样，我就与邹先生不辞而别去西安了。

1940 年 8 月我在延安鲁艺入党宣誓后，陪我的姚时晓同志对我说："组织上决定你是秘密党员，你除了爱人外不要声张你已是党员。"我问："为什么组织上决定我是秘密党员？"姚时晓回答说："领导上说你有可能仍然回到大后方去工作。"我心里明白一定是韬奋先生早已向周恩来同志说过了。不过邹先生在重庆的情况也不太好，刊物没有办成，他自己不久也参加了新四军。1942 年整风时，我这个秘密党员就公开了。不到两年，我就在《解放日报》上看到韬奋先生在新四军军中病逝的消息，不久，党中央就追认邹韬奋先生为中国共产党党员。

笔杆子只有与枪杆子合作才是唯一出路，这个在文化"围剿"与反"围剿"的激烈斗争中的一员猛将，得到了名副其实的归宿。韬奋同志，你的精神永垂不朽！

被抹杀的进步性
被夸大的危险性

当我们发现有了对立面的时候，就必须马上想到革命的笔杆儿应该与革命的枪杆儿联合作战，并且努力争取联盟的一方实力逐步超过对立面的实力。

　　从《漫画生活》创刊到《生活漫画》停刊这将近一年的时光里，我一共发表了十多幅漫画，这是我持续不断发表作品的初期。可是就因为这些作品的发表，我前前后后接到不少读者的来信，认识了五六个新的朋友，同时，也得到了两种完全相反的意见。

　　读者来信大都是青年知识分子和学生写的，内容大概可以分为三类：一类是赞扬我的漫画作品，说我的作品内容不肤浅，很含蓄，引人深思；一类是说我的作品内容难懂，甚至需要经过同学们讨论才弄明白，希望我以后作画不要太神秘；还有一类仅仅是说我的作品与众不同，主要是问我的历史、我的职业，有个别的问我是男性还是女性，有没有结婚。在 20 世纪 30 年代我还没有回答读者来信的意识和习惯，一概置之不理。我内心深处还有一点失望的情绪，因为没有一个读者自称是劳动者，这与我的作品全都是描写下层人物，很想得到下层人物的同情与好感事与愿违。

　　新认识的六个朋友却令我非常高兴，在不同程度上增加了我作画的兴趣与信心。就从我现在的回忆来说，这些朋友都值得我永远想念。

　　第一个朋友是丁里。这是一个从山东来上海的青年画家，据他自我介绍，他自从看见我多幅漫画以后就很想见见我。他来上海虽然是为了别的事情，但个人的目的是想见见我，看我到底是怎样一个人。这些话引得我笑出声来，我问他："你见了我对我的印象如何？"这个粗粗壮壮的小伙子很豪爽地回答："你和我想象的不一样，我以为你是一个蓄长发、留小胡子的中年人，谁知道你原来是个文弱书生，年纪也不比我大多少。"他的直爽很得我的好感，我们谈话也很投机，他对上海漫画界的评论很有见地，他的"徘徊在象牙之塔与十字街头之间还算是一种进步倾向"的看法我完全赞同，他前后来看我共有三次之多，热情的话语常常引起我开怀大笑。

这个丁里就是 20 世纪 40 年代在延安鲁艺美术系和我共事的共产党员。我和他重逢不久他就随着队伍到敌后晋察冀边区去了。一年之后，听说他已经改行当了话剧导演，工作很有魄力，演过很多戏，深入人心。全国解放后他也在北京，在××话剧团当团长。他很少和我见面，记得在一次某某纪念会的饭桌上我们又久别重逢，我们除紧紧握手外还透过眼镜互相凝视了好一会儿，说话不多。这是他逝世前的最后一面。

第二个朋友是鲁少飞。他当时是《时代漫画》的主编，听黄士英讲，少飞打过多次电话找我，后来他写了一封信约我见面。那是在《时代漫画》编辑部的楼上，他很热情地和我握手，说："你真难找呀，我打过多次电话都说你不在。我约你见面不是别的，就是请你为《时代漫画》画一幅封面画，好吗？你一定要答应，时间迟早都行！"我说我一定画，就是慢一点。他又问我："你是不是参加过革命军北伐？"我说我没有参加北伐，只在军队里待过一个月。他说他参加过北伐军，是专门画宣传画的艺术兵。他的话引起我美好的回忆，想起了那些在街头挂大幅宣传画的青年军人，这种宣传画实际上充当了我的启蒙老师，我曾经跟着这些青年军人走过几条街巷，看看他们手里还有没有未挂完的作品。往事如烟，我现在又在另外一种景况下遇见了年纪已经不轻的退伍军人，好感依然存在，我终于画了一幅封面画给少飞。黄士英对此很不满，我以后也很少去《时代漫画》编辑部。

　　第三个朋友是夏蕾。她是我表妹张蜀书的同班同学，刚从上海务本女中毕业。由于她们经常往来，因而她也就认识了我，很喜欢看我的漫画作品，并且能够把我的漫画从立意到造型讲得头头是道，可以说是一个知音。她是一个独女，家里只有老母和弟弟一共三人，弟弟还在上学，她毕业后没有工作，一家三口完全依靠亡父（革命军人）的微薄抚恤金度日。她的打扮与上海一般的少女不同，很朴素，也很不活泼，除了爱好文艺、接受进步思想之外，就没有什么多余的话可说。她常常问我她所喜欢的作家的作品我有没有读过，如果听我说读过，她就要我谈读后感，看看是否与她有同感。当文艺界对两个口号的争论正热闹的时候，她问我同意哪个口号，我说我站在鲁迅这一边，她高兴地大声说："我也是，我也是！"她是鲁迅先生虔诚的崇拜者，把鲁迅先生的意见当作至高无上的意见。她不避嫌疑地时常到我这个单身汉的亭子间里来，一来就谈书本上的事情，这一点，也与我的爱好不谋而合。在张戈的眼里，我和夏蕾的接近已经不是寻常的朋友，可是我在决定去延安之后仍然拒绝了她说"我也想去"的要求，我认为她有老母弱弟的牵挂，不能轻易离开上海。可是当我到了香港与廖承志同志接洽赴延行期时，廖公坚持有朋友一定不能分开，可以同赴延安。这样，夏蕾就马上来到香港，和我草草结婚后一道上路了。我们经过艰苦而又漫长的旅程到达延安后，她进鲁艺文学系学习，她的散文与诗歌写得很好，领导对她重视。可是不久就接到上海的口信说她母亲去世了。

　　我的第四个朋友是郁风。她是当时很有名气的女画家，由于思想进步，曾在女工夜校当教师。她与我接近也是多次看了我的漫画作品以后，"以画会友"，是20世纪30年代上海风气之一。她除了画画外还会弹吉他、唱歌，也是不避嫌疑地在我亭子间中又弹又唱，而且说我的亭子间很好。可是，后来她就不再到我的亭子间里来了。

　　我的第五个朋友是漫画家黄嘉音。这是个表面上很文静，可是内心很热情的年轻人。他是一个文科大学毕业生，能写杂文之类的文章，漫画不过是业余的嗜好。他曾多次到《漫画生活》编辑部找我，一见面就说对我的作品很感兴趣，愿意和我经常来往。他问我住在何处，我从来不愿把居处告诉陌生人，但我见嘉音一脸的书生气，也就把居处告诉了他。他也把他的居处告诉我，并请我到他家里吃饭。他是福建人，一桌家乡口味的菜肴很合我的口味，此后他也就常到我的亭子间里来了。到底是书生，一见面就谈书，他问我喜欢不喜欢《论语》，我从来不看林语堂这一派的刊物，就老实地说了不喜欢，他沉吟不语，临走时只说一句"多见见各种不同风格的刊物有好处"就扬长而去了。这个朋友始终对我表示好感，在上海沦陷后还到我的居处来过，问我是否离开上海，我没有把我真实情况告诉他，只说暂时不离开，我对他保密，成为我后来的内心遗憾。

　　黄苗子是我的第六个朋友，和我一见面就说非常喜欢我的漫画。他是广东人，具有南国少年的热情和浪漫，自己也画漫画，但作品不多。他知道我常常到四马路买书，于是常常在一家书店门口等我一来就马上握手问好。他年纪比我小得多，可是社会经历却比我多，也嗜好琴、棋、书、画，一谈起艺术就滔滔不绝。后来他和郁风结了婚，新中国成立后夫妇俩都在北京，我们经常来往。

这六个朋友都是我早期漫画的欣赏者，这说明我的作品问世后在青年知识分子和同行的心目中享有一定的地位。我对这些"通过作品看人"的 20 世纪 30 年代风习和友谊非常珍惜。我曾经自忖，我这些仅凭创作热情产生的作品并没有什么特点，说到底，不过是忠实于现实生活的本来面目再加上一点在理想的牵引之下不断涌现的想象力而已。这些披了一些想象面纱的生活现象，在多数读者看来，顶多能够引起一点对现实生活的不满。在少数读者眼中，除了看见对现实生活不满之外，也看见了那只牵引着我的想象的理想之手。丁里对我说的"你的作品再现现实生活之外还包含着改变现实生活的愿望"，夏蕾对我说的"你的想象力补充了你作品中所没有表现的东西"，鲁少飞对我说的"你的作品留人想"，这些简短的评论，使我深受鼓舞，增加了我继续创作的信心。要知道，在这半殖民地的十里洋场的茫茫人海之中，能够用想象的手敲开那些善良的人们的心扉，让生活在并不相同的生活境遇中的人产生相同的情绪并非易事，更何况是抱有同一理想、同一想象的艺术知音。我能得到这些朋友的友谊应该是我创作的最大收获，我应该珍惜这些友谊，就如同珍惜自己的创作热情一样。

20 世纪 30 年代在上海是杂文和漫画比较流行的时代，漫画虽然没有杂文那样被读者重视，可是也有属于它自己的一大群观众。一方面引人注目，另一方面也难免被人歧视，甚至引以为敌。我的漫画作品就是处在重视和敌视的交叉路口，不可避免地得到两种不同的批评。

　　一种见于报刊的文字批评是发生在《生活漫画》还没有停刊之前。有一天，黄士英笑嘻嘻地捧着一张报纸给我看，他说："居然有人说你坏话了。"我接过报纸一看，文章不长，标题早已忘记了，作者署名是迪克（好几年以后我才知道这是张春桥的化名），文章从头到尾的批评可以概括为一句话，就是说我所有的作品都代表了一种小资产阶级的思想意识，从作品内容到表现形式，都没有可取之处。这篇批评并没有使我震动，我只笑了一笑就把报纸还给了黄士英。自从我参加左翼美联以来，"小布尔乔亚"这个术语常常从张戈的口头上流露出来，我听惯了，也并不觉得有什么稀奇，更不觉得有什么可耻。我的家庭出身是"书香世家"，在旧社会，所谓"书香"是"学而优则仕"的代名词，历代祖宗牌位上冠以"一品、二品、三品"之类的头衔，正说明了"书香世家"的实质。尽管我出生后家中除了较多的书画外几乎近于赤贫，但儿时听母亲讲过，从前也有过不多的田地和房产，都被长期失业的父亲卖光了。我的三个哥哥年轻时也多半是教书为职业，家中没有一个体力劳动者，我与无产阶级没有一点血缘关系，这是可以断言的。如果说我对迪克的批评有什么不满的话，那是"小资产阶级"后面的"思想意识"四个字并不符合实际，而且这个名词术语几乎是被批评者头上一顶"人人合适"的帽子，就如同骂人骂惯了嘴，一开口就是"他妈的"的流氓腔调一样，并不值得深究与介意，所以我一笑置之。再者，说这种话的人也正好证明了他自己的无知，证明他自己不是无产阶级，因为真正的革命者多少会懂得小资产阶级有一定的革命性、进步性，多少会懂得小资产阶级是"无产阶级的可靠的同盟者"（毛泽东《中国革命和中国共产党》），这一点，是我不为迪克的批评所动的根本原因。

另一种批评是在《生活漫画》再次被禁停刊之后，也是听黄士英说的。他说："老兄，刊物两次被禁，尽管原因较多，但与你老兄作品的危险性也有关！"我问他哪些有危险性，他说："检查书刊的一名小职员对我说：'你要知道，仅仅禁止你的刊物出版是对你们的客气，你们刊物上有些漫画的危险性大着哩！'"接着黄士英又换了一种口气说："这不是冤枉你，要说危险性，我们刊物上没有别的作品比老兄的作品危险性更大。你要知道，越是有危险性的作品读者越是爱看，为了读者，我情愿牺牲刊物，我是对你老兄说的心里话！"

我对这种言不由衷的"心里话"十分反感。

这两种不同的批评都没有使我迷惑，我还有一点自知之明。自从我明确了用漫画"同阎王打架"这个概念以后，我对自己的创作实践所能产生的社会效果考虑过多次，我估计这些作品可能产生的影响只有这样三点：第一，在知识分子中能够引起他们的同情与好感；第二，在劳动大众中由于形式与标题都比较难懂而无所作为；第三，可能引起敌对者的歧视，但对"阎王"本身并没有拔掉他身上几根毫毛。所谓"危险性大着哩"不过是老爷们故意夸大，以此作为反对进步文化艺术的借口罢了。

现在回想起来，这两种批评来自两个对立面，前者是极左的假革命，它否定小资产阶级的革命性，抹杀进步文艺作品的进步性，让无产阶级失去广泛的群众基础与同盟军，变成孤立无援的孤家寡人，其结果必然使革命不得成功。后者是极右的反革命，它害怕小资产阶级的革命性，夸大进步文艺的危险性，将革命的笔杆儿与革命的枪杆儿都看作应该"围剿"的对象，除此以外它别无出路。如果把假革命与反革命两相比较，其必然毁灭的反动性并无轩轾之分，可是假革命比反革命多戴一个假面具，其反动性暂时不容易被人看破。反革命比假革命多一个武装，其反动性依靠武装的支持，得以暂时延长。这样看来，在两种对立面都存在的年代，革命的笔杆儿只有在枪杆儿的指挥之下才能够取得最后的胜利，这就是为什么 20 世纪 30 年代上海亭子间里的笔杆儿都先先后后地奔赴革命根据地的来由。同样，革命的枪杆儿也只有在革命的笔杆儿兼枪杆儿的领导之下，才能够智勇双全地打天下并且夺取天下。这是一条规律，无论是过去或者将来都是一成不变的规律。

对立面的存在，是促进世界上任何事物向前发展的动力。无论发展的过程是如何曲折多变，其结局总是对立的一方消灭另一方。当我们发现有了对立面的时候，就必须马上想到革命的笔杆儿应该与革命的枪杆儿联合作战，并且努力争取联盟的一方实力逐步超过对立面的实力，这是夺取最后胜利的保证，中外古今，无一例外。

我和聂耳的第一次见面

这是战斗的中国的声音，这是冲刷着百年来的灾难和百年来的耻辱的声音，这是伟大的中国人民从水深火热中猛然站立起来的声音。

自从 1932 年 5 月我到先灵洋行出卖劳动力以来，快满三年了。由于半年失业而饥不择食地找到一个给外国人画广告的职业，颇似没有恋爱的旧式婚姻，尽管对方是如何的礼遇、优待和顺从，可是自己总是认为不是"意中人"而感到闷闷不乐。当我业余创作的稿费日渐增多，并不完全依靠画广告的工资度日的时候，这种闷闷不乐的很想"离婚"的心情更加迫切。事有凑巧，1935 年春末夏初，上海电通影业公司办公室主任兼演员的周伯勋找到我，说他的公司想聘请一位画电影广告的美工，问我愿意不愿意，我老早就听张戈说过电通公司是个成立不久、出品都比较进步的影业公司，而电影又是和我经常相伴的"老情人"，周伯勋也和我有一面之缘，虽然美工的月薪只有 30 元，但是我为了与"老情人"结合，情愿抛弃高薪而迁就低薪。在周伯勋几番好话之后，马上与他一拍即合，下决心把画药品广告改变为画电影广告。这样，我就急急忙忙地向先灵提出辞职。

"外国赤佬问你为什么辞职不干，是不是你要离开上海？"先灵的杜买办问我。

"我不离开上海，我是另有工作，不可能天天到这里上班。"我老实地回答。

"那么好哉，"杜买办继续说，"你不天天来上班也行，我们把先灵的广告包给你画，每星期来一次取画稿交画稿可不可以？"

我一想，先灵每月的广告画不多，"电通"的工作也很自由，可以由自己支配时间，而且先灵是这样地顺从我，我也可以包得下来，于是点头答应。

　　杜买办说他去告诉外国赤佬一声，不到两分钟就回来对我说："夺定夺定，外国赤佬完全同意，月薪照你来时一样，每月50元，好吗？"就这样，我从每天上班下班地出卖劳动力改为一月只去四次的承包户了。

　　"电通"有宿舍可住，我在亭子间中搬来搬去也早已腻烦了，很想换换环境，于是就很快搬了进去。

　　这个电通公司只占有一幢两层楼的西式房屋（据说过去是一个中学的校舍），楼上楼下都是中间一条甬道，两边排列着十来间大大小小的房间。我的房间除我以外，还有一个男演员、一个摄影师和我同住。房子里除了三张单人床以外还有不少富余的空间，于是我把靠近房门的那一部分当作我的画室，安置了一张书桌、一个画架，开始了我过去没有做过的电影广告画的制作。

　　可是，只住了两个晚上，电影公司的人所特有的夜生活的习惯就让我难以忍受了。一到夜晚，不知道从哪里钻出来那么多的人，谈话的声音，唱歌的声音，皮鞋踏着木头地板的声音……虽然是在房门以外，但也往往不能令人安枕。然而到了白天，特别是早晨，那正是他们睡觉的时候，整个楼房静悄悄的，无声无息，让美好的阳光与睡神做伴。这种反常的生活习惯我是不能遵守的，我依然早睡早起，反正我的工作和大伙儿不一样，正好趁着没有人干扰我的早晨加紧工作，我就是这样地完成了我的画稿。

　　然而有一天，却发生了意外的事情。

　　大概是午后1点钟的光景吧，同房间的人都出去了，只有我一人在屋里。我正用画笔调弄着颜色，准备给画稿上色，突然门外甬道上一阵沉重的脚步声由远而近，在我的房门外突然停止了。

当我把目光注视着房门的时候，房门一下子被人用力推开了，一个人很快地走了进来，他瞪着两眼对我看，我也瞪着两眼对他看，这是一个陌生的青年人，年龄和身材都与我差不多，可是肌肉结实，肩膀宽宽的，胸脯挺挺的，那种岿然挺立的姿态，很像一位拳击师。我正要问他找谁，还没有来得及开口，只见他对我微微一笑，突然跳到我的面前，夺去我手中的画笔，把它丢在桌子上，他这种粗鲁的动作与和善的面孔很不协调。我正在诧异，他又猛然把左边的胳膊挽住我右边的胳膊，用力把我往门外拉。我有点慌张，我从来没有遇见过这样的事情，就用左手撑住门框抵抗，一边用生气的口吻对他喊："你这是干什么呀？你这是干什么呀？" 他偏着头对我笑，并且模仿着我的声调说："我是拉你下楼呀！我是拉你下楼呀！"

他的臂力实在不小，终于把我拉出了房门，我不得不跟随着他一起跑。我一边跑一边对他喊叫："你，你，你拉我下楼干什么呀？你拉我下楼干什么呀？"

这家伙真有一把子力气，他始终边跑步边拉着我，一边顽皮地对我喊叫："我，我，我拉你下楼唱歌儿去呀！我拉你下楼唱歌儿去呀！"

一听说是唱歌，马上有个影子在我脑中掠过："这家伙该不会就是聂耳吧？"我和他虽然没有见过面，但听"电通"的同事经常提到他。他为什么不先作自我介绍，然后堂堂正正地邀我去唱歌呢？他为什么要用暴力——一种亲密的暴力硬拉着我去唱歌呢？我心里这么想，嘴里仍然在喊叫："我不会唱歌呀！我不会唱歌呀！" 这家伙顽皮绝顶，他一边拉着我跑，一边也在喊叫：

"我就是要不会唱歌的呀！我就是要不会唱歌的呀！"

就这样，他拉着我从宿舍楼的东头跑到西头，从楼上跑到楼下，绕过楼下的走廊，跑过办公室，一直跑到饭厅的门口，他就连推带拉地把我推进了饭厅，才松开拉着我的胳膊。一进饭厅，只见黑压压挤满了人，他们看见我被拉进来的狼狈样子，就哄的一声笑了起来。我举目一看，这堆人中不但有男女演员，也有导演、摄影师和各种工作人员，有管财务的会计和出纳，有管灯光的老头儿和布景的小伙子，有木匠师傅和建筑师，连管杂务的工人和管化妆的年轻姑娘也挤在这一大堆人群之中。

当我钻进人群以后，只听见有人在大声叫喊："现在到齐了，除了看门的门房以外，所有的人都来齐了。"那个把我最后拉进来的年轻人往人群前面的桌子上一跳，高声地对大伙儿说："好，现在到齐了，我们再练习几遍，预备……起！"他挥动着有力的双手，就好像挥舞着一面大旗一样。随着他双手的挥动，一种无比洪亮的声音就在这个饭厅里回荡起来：

"起来，不愿做奴隶的人们。把我们的血肉，筑成我们新的长城！……"

果然是聂耳，我的估计没有错，他正在为许幸之导演的影片《风云儿女》的主题歌《义勇军进行曲》的录音作准备工作，可能大伙儿已经练习好多遍了，我过去虽然没有参加过他们的练习，但最近一个时期，当我上楼下楼的时候，曾经多次听见过这一雄壮的代表当时中国人民心声的歌声，我非常欣赏这一歌声，连它的歌词我也背得出来，所以我一钻进人群，也就无拘无束地跟随大伙儿一起敞开嗓门唱起来了。

　　这首《义勇军进行曲》是田汉作词、聂耳作曲的，现在又由聂耳亲自指挥合唱，在那铿锵的音色中，我认为唱法上更带有聂耳自己的特色。比如从第一句"起来，不愿做奴隶的人们"开始，唱起来的时候几乎是一个字一个短暂的停顿，不但雄壮有力，而且很能表现一种强烈的激动！自从 1931 年"九一八事变"日本帝国主义侵略者侵占我国东北三省以来，由于国民党反动派的步步退让，全国人民感到无比愤怒，表现在救亡歌曲中那种悲愤的声音，我们已经听了三四年之久了。现在，突然把悲愤的声音改为激昂的战斗雄歌，正符合广大人民的心愿。所以，当电通公司这个临时凑起来的合唱队首先唱起这支歌曲的时候，尽管不熟练的歌声与影片中那些投身在战斗第一线的劳苦大众的声音还不能完全吻合，但由于歌唱者的激动心情，因此歌曲听起来也还是有声有色。只有一点，我不太同意聂耳所强调的这支歌是由不会唱歌的人唱出来的，所以，他对于混杂在歌声中的那些噪音毫不在意。我不以为然，我很想把我的看法告诉聂耳，看看他能不能接受。

　　恰好，在练习了两三遍以后，聂耳从桌子上跳了下来，他走到我的面前，一本正经地对我说："你现在还生我的气吗？"

　　我说："现在我懂得你为什么拉我来唱歌了。"

　　聂耳问我："你认为唱得如何？"

　　我说："气势很好，可是噪音也不少。"

　　聂耳说："你认为不愿做奴隶的人们唱的歌也和教堂里的唱诗班唱的那样整齐吗？"

　　我说："我并不欣赏教堂里的唱诗班的歌，可是我认为，艺术总不能和生活一模一样！"

聂耳听了这话把头一低，好像内心有所触动，突然，他往我面前一扑，用力把我紧紧抱住，并且，把他的脸紧贴着我的脸，我发觉，他的脸是滚烫滚烫的。

"你的看法是对的"，聂耳在我耳边悄悄地说，"你等着，我有办法消灭那些噪音。"他说完松开了手，一转身又跳到桌子上，敞开了嗓门对大家说："我们再练习几遍好吗？现在请大家注意一点，这首歌要体现不愿做奴隶的人们万众一心，要唱得坚决，也要唱得整齐，不要把不该拖长的声音拖长，请大家看着我的手，好，预备……起！"

于是，一种坚决的又很整齐的歌声，就像从高山上倾泻下来的瀑布那样地奔腾起来：

"起来，不愿做奴隶的人们，把我们的血肉，筑成我们新的长城！……"

这歌声，从1935年的《风云儿女》唱起，唱遍全上海，唱遍全中国。这是战斗的中国的声音，这是冲刷着百年来的灾难和百年来的耻辱的声音，这是伟大的中国人民从水深火热中猛然站立起来的声音。战斗雄歌歌一曲，狂飙为我从天落！正是这歌声，唱出了1945年抗日战争的胜利！正是这歌声，唱出了1949年解放战争的胜利！正是这歌声，唱出了一面无比辉煌的五星红旗！聂耳没有看见这面红旗，然而曾经由他指挥过的激昂的歌声，仍然继续在我们新生的神州大地上激荡回响！……

自剖的几个横断面

理想对于我，是一盏引路明灯，它把我从左翼美联的地下活动引导到公开的创作活动，它把我从上海亭子间引导到革命根据地，把我从新民主主义引导到社会主义。

　　我生长在一个特殊的时代，是时代潮流急剧变化、国家命运急剧恶化的交叉时代。从少年时期开始，我随着时代的召唤，跟着时代的脚步前进；同时，我的命运也不能和国家的命运分开，受到恶劣的残酷的社会摧残。我就是在这样的一个特殊的环境中逐渐成长起来的。

　　历史多次证明，国家命运越是险象环生的时候，抢险的人们就越来越多，他们互相支持、互相援助的凝聚力也就越来越大。在险恶的环境下，在每个不同时期都有不同的文化使者向我伸出援助的手、合作的手、团结作战的手，我对这些向我表示好感的同志、战友与师长始终难忘，我在内心深处为他们树立了一块永垂不朽的纪念碑。

　　我16岁的时候，就遇见了一个介绍我入党又被我拒绝了的张如龙，他牺牲在白色恐怖刚刚开始的时刻，我是在他的血泊中开始认识了真理。我21岁正在上海美专求学的时候，又遇见了介绍我参加上海左翼美术家联盟的洪叶与张戈，在他俩的牵引下我开始了与恶劣环境作抗争的地下活动。当我开始从事创作实践的青年时期，我又遇见了老早就从事文化教育活动的陶行知、邹韬奋、聂绀弩、鲁迅、金仲华这些老大哥和师长，他们在不同时期与我合作，支持我、帮助我、爱护我，也责备过我，让我在无所作为中有所作为，让我在共同目标下努力进取，让我在险恶环境中安全度过，他们对我的深情厚谊一直延伸到我离开上海以后。后来，当我踏进电影圈子以后，又遇见了聂耳、许幸之、袁牧之、吴印咸……这些把艺术当作生命的同志，我和他们的接触虽然不多，但在色彩斑斓的生活画面上，也有不可缺少的笔痕墨迹。

然而,我自己到底是个什么人呢?我的品格如何?能力如何?志趣如何?我有哪些优点和缺点?这些问题在回忆录即将写完的时候,不能不向读者们交代清楚。可是人的衰老总是从记忆力的逐渐衰退开始的,我现在的记忆力已经走到彻底崩溃的边缘,生活环境的变化和岁月的流逝,都已经模糊不清,只有对自己的精神面貌的认识反而越来越清晰。趁热打铁,机遇不可错过,我在回忆录的各节零星叙述之后,不妨作一次总结性的自剖,在记忆力的允许的范围内,留下几个自剖的横断面。记得,我最早的油画习作是自画像,同样,我最后的回忆录也将是自画像;自剖的几个横断面就构成了自画像的全部轮廓。

自剖的横断面之一,是我的形象问题。首先需要说明,我的形象是与我的内心很不协调的,根源来自"化装"。"你懂不懂?这是化装。……免得你把九江的闲话带到上海去",这是我离开故乡之前我的二哥对我的谆谆教导。所谓"化装",也不过是西服、领带、皮鞋之类的假洋鬼子打扮而已。在去上海之后,这种化装,也的确有装饰门面的作用。张戈后来由于在杭州艺专被开除,来上海后那种寻求"保护色"的行为,对我的化装也多少起了"推波助澜"的作用。当我的经济生活有了可靠的着落以后,两三套换来换去的西服和比较入时的打扮,曾经瞒过了上海二房东的势利眼,再加上在"洋行"的工作头衔,更增加了我的保护色。在畸形的社会里不可能没有畸形的人物形象,好在我外表的畸形没有丝毫损害我内心的健康。

形象的构成并不完全依靠外表,性格的流露是我形象的另一种成分。家庭生活给予了我性格上的温和,社会环境又给予我性格上的暴躁。既温和而又暴躁，这个对立面我兼而有之，好在我温和的时候比较多，暴躁是在实在忍受不了的情况下才钻出头来的，每逢这个时候，上海的老年人总是说"这个年轻人的脾气太大"来原谅我，脾气掩盖了我的思想内容。

自剖的横断面之二，是关于我的生活态度。勤奋、严谨、刻板，是我生活态度的特征。我守时，早起早睡从来不变；我守信，对人对事从不马虎；我严谨，不喝酒、不跳舞，守身如玉；我勤奋，书本不离身，纸笔不离手，从来不浪费光阴。然而，在上海人的眼中，虽然也有人赞成我的生活态度，可是也有人说我打扮入时，生活古板，特别看到我对横行霸道不顺眼、喜欢打抱不平时不以为然，背着我说我是"十三点"（上海人骂不懂人情世故的人的一种特殊称号）。关于这，我毫不在乎，我自己知道，我的生活形象与我的生活态度是互相矛盾的，我只要保护自己的生活实质不要被人看破就行了。

自剖的横断面之三，是关于我的嗜好问题。首先说明，我有多种多样的嗜好，而且从少年、青年、壮年，一直延伸到老年，我的嗜好中包含有我的优点，也包含有我的缺点。我的嗜好曾经引导我有所作为，我的嗜好也曾经诱惑我走入误区。因此，我应该把这一自剖的横断面当作我自画像的主要眉目。

我的第一嗜好是爱好文学。高小时就喜欢读诗词与四大名著。师范时期，在五四新文化运动强劲东风的熏陶之下，又接触了以鲁迅、郭沫若为首的许多知名作家的文艺作品，我对文学如醉如痴。我觉得文学是一切艺术形态的根本，没有文学修养的人在别的艺术行业上也不会有突出的表现。在文学中我特别喜欢诗歌和世界文学名著。20 岁我来到上海以后，是我欣赏世界文学名著的鼎盛时期；进了电通公司以后，由于避免不了夜生活的喧哗，常常在不眠之夜，以读世界名著为由在疲乏中进入梦乡。为了躺着看书方便，我用一根绳子把沉重的书本拴住，从帐顶上吊下来悬在枕前，《死魂灵》《猎人笔记》，以及契诃夫的一些短篇小说，就是在这样的情况下读完的。当然，我的这一行为，被曾经看见过的演员们引为笑谈，可是我行我素，一点也不亏待我的嗜好。我从读世界名著中开始意识到人与人、集团与集团、阶级与阶级之间的矛盾与冲突，尽管在任何名著中都没有明确地提到这一点，可是在任何作品的人物描写中都没有离开这种矛盾冲突的范围，这为我的漫画创作实践提供了有力的启示和影响。

我的第二嗜好是爱看电影，这是我到上海以后才逐渐养成的。由于有文学嗜好在前面引路，我看电影首先是注意各种人物的动作形态与表情的特点，作为我在造型工作中的参考资料，以弥补自己在马路观察中的不足。外来的视觉形象引导我创造自己的视觉形象的好处是明了人物表情与动作形态的特点，明了人物形象的多样性与丰富性。这些不是我在短促的马路观察中所能得到的。

我的第三嗜好才是爱好美术，这是从"书香世家"中藏有较多书画而又经常接触，在幼年时代就培养起来的。虽然我对绘画的学习是从花鸟、山水开头，最后才描摹到仕女，到了"五四运动"，文学嗜好就从诗词跳到小说，绘画嗜好就从仕女跳到人体，又从新鲜的《子恺漫画》中吸取养料，创作了我自己经营、自己装订成册的漫画处女作《上弦月》，到了上海以后，又以一幅闯祸的《红背心的罢工》开辟了漫画创作实践的第一步，但是追溯起来，我作品的公开发表，还是要从 1933 年我为陶行知先生的诗配画初次发表算起，一直到与邹韬奋先生合作在《大众生活》《新生》《永生》等刊物上发表作品才算逐渐成熟，最后，等到我买到了鲁迅先生主编的《凯绥·珂勒惠支版画选集》以后，由于自己思想上作了最后的肯定，我在造型方面才算定型。我在美术嗜好上，走过了一段内容变化不大、形式演变不小的创作过程。

我强烈迷恋体育运动，这是我四个嗜好中最顽强最持久的一个。我 16 岁时患肺结核（一直到 20 多岁才在不知不觉中钙化），所以人越是有病，越是向往健康，越是生性软弱，越是趋向强硬。我喜欢体育运动，是和我个性的成长分不开的。我认为，任何体育运动都鲜明地存在着一种从外部的形体动作中体现出来的内在的拼搏精神，一看见这种拼搏精神，我就马上兴奋起来，我就像吃了什么补药似的精神百倍，能够加强我的工作干劲。我喜欢观看的体育比赛活动是那些动作节奏强烈、迅速，容易看见比赛结果的项目，此如乒乓、排球、篮球之类，一般人不爱看的中国式摔跤，我也看得津津有味。中国式摔跤中有一种"借对方力量打倒对方"的办法，对我也很有启发，借对方的攻势进行反攻，在爱憎分明的讽刺漫画中，不是也可以照样运用吗？到了行动不便的老年，不能亲自到运动场去看现场比赛的时候，我就在电视上寻找有关排球、乒乓球等的比赛节目，就连几份报纸上的体育运动的报道也是我天天阅读的重要内容。从这一点来看，我最后的嗜好，仍然是拼搏精神。

自剖的横断面之四，是关于我的工作态度。这一部分我不想多用笔墨，因为在回忆录的前一部分几乎都牵涉到我的工作，现在只要总结几句话就够了。认真是我工作态度的灵魂，事事认真，处处认真，从来没有一点马虎的态度。我不但创作实践认真，地下活动认真，就连出卖劳动力（画广告）也从不凑凑合合，这和我生活刻板、守信、守时，对人对事都实事求是的态度是一致的。在 20 世纪 60 年代末 70 年代初的"文革"时期，我对那种"以过分的体力劳动代替惩罚"的歪风也是认真对待的，我的劳动成果是无可挑剔的。我的信条只有这样一条：要对得起人民，对得起自己。认真地对待任何工作，我会从心眼里感到踏实，感到愉快，感到自己没有白活。

自剖的横断面之五，是关于我的缺点和失误。我的失误有大有小。小的是由于我的"脾气太大"，容易激动，容易暴躁。因为一幅漫画被学校的教务长没收，我就马上写首诗骂他，想压倒他的反共气焰。因为黄士英说我的漫画的危险性很大，我就把他推出门外不准他再来。这些举动的结果都适得其反，惹得洪叶替我受罪，惹得黄士英和我反目。大的失误是进电通公司以后，由于嗜好电影过了头，入了迷，就忘记了自己是个什么材料，听任导演的摆布，变成了一个临时演员。我根本不是一个可以让自己的形体动作改变为另一种形体动作的模仿者，可是在袁牧之三番五次的劝说之下，在他导演的《都市风光》中扮演了一个完全不像"阿飞"（小流氓）的"阿飞"。为什么我不在他劝说时坚决拒绝呢？为什么我不先问清楚是扮演什么角色，一直等到摄影镜头已经对准自己时才无比坚决地拒绝那些丑恶的"阿飞"动作呢？寻根问底，无非是自己嗜好电影已经到了入迷的程度罢了。更大的失误是影片已经拍完，袁牧之指导再拍一些宣传用的呆照时扮

"阿飞"的我和扮荡妇的蓝苹（即后来的江青）在一起拍了好几个非常亲密的镜头，我又没有拒绝，而且这些剧照流传甚久，以致新中国成立之初有人说找到了我的"档案材料"，"文革"之后引起不少人对我过去生活的怀疑。我当时为什么没有拒绝拍这些呆照呢？寻根问底，无非是我拍戏时已经多次拒绝袁牧之指导我的"阿飞"动作，只好在拍呆照时留给袁牧之一点面子罢了。更大的失误是由于电通公司是三个爱国华侨合办的，资本本来就不多，拍了四部影片又没有赚钱，经济上岌岌可危，为了不让电通倒闭，导演孙师毅发起演几个独幕话剧，到南洋一带去赚几个钱来挽救公司，大家都同意，于是孙师毅选了契诃夫的三个独幕剧《求婚》《结婚》和《纪念日》，演员也由他选派，他对我说："你演反派是不对头的，你演《纪念日》的正派银行行长一定对头，为了挽救公司，你就再下一次海好不？"老天爷，我又将错就错地答应了。等到一看剧本，我才知道《纪念日》中的银行行长也是一个反派（在契诃夫的笔下，一些貌似正派实际上是反派的角色曾经出现过不少），可是话剧还来不及上演，电通公司就倒闭了。集体生活一结束，我就马上搬回白俄公寓，仍然过我那清净、刻板的独居生活。

总结这些失误，我得到的教训是，凡是入了迷的嗜好，往往会使嗜好者产生一种"自己也参加进去"的欲望。我由于爱好文学而进入诗词的创作实践，由于爱好美术而进入漫画的创作实践，由于爱好体育中的拼搏精神而逐渐改变了软弱的性格，独独由于爱好电影而进入演员生活这一行当就失误连连。寻根问底，恰恰是我这个形象不变的木头人与形象多变的演员发生了根本性的矛盾。嗜好本身没有错误，能不能"自己参加进去"却需要慎重考虑，不应该"参加进去"的就不要勉强让自己参加，这一点应当记在心里。

我自剖的横断面的最后一个是关于我的理想问题。这是自剖核心之笔，也是自画像的"画龙点睛"之笔。为了画好这一笔，我应当把从没有理想到理想的产生、理想的成长、理想的实现等历尽艰险的漫长过程追溯一下，看看理想对青年人起着什么作用，理想与国家命运、大地沉浮有什么关系并产生怎样的后果。

1926 年我的师范同学张如龙介绍我参加共产党而又被我拒绝之后，他写了一封情感与理智结合在一起的长信给我，责备我是一个没有理想的庸人。这封信引起了我的反省，而且深感自卑。不久，他就在蒋介石的屠刀之下壮烈牺牲了。当我听见这个噩耗之后，没有顾及自己的安危，偷偷地跑到刑场上准备向他的遗体忏悔，可是没有找到他的尸首却找到了草丛上许多斑斑点点的血迹，当然，这就是前天殉难的 26 个烈士的热血，其中也有张如龙的热血。在暮色苍茫中，我正对着这些血迹伤心，突然一声凄厉的马嘶撕破了荒野的死寂气氛，我就随着马嘶嚎啕大哭起来，一边哭一边说："我们会在一起呀……我们会在一起呀！……"正是这个时候，我的理想诞生了。我的理想诞生在血泊中，我这心胆俱碎的号哭，就是理想胎儿呱呱坠地的第一声！"为有牺牲多壮志，敢教日月换新天！"我的理想就是继承张如龙等烈士的遗志，去完成他们没有完成的革命事业。

接踵而来的是反革命的黑手要来抓我的消息，我不得不即刻逃亡。我在逃亡不久，又遇异乡的白色恐怖，我又躲避在友人的朋友家里。老实说，理想是一条铁石心肠的硬汉，他不怕危险，他是在逆境中成长壮大的，而且骨头越长越硬。

1931年我在上海求学时期，创作了第一幅漫画《红背心的罢工》，这是我从满街的垃圾中看到了"在阶级社会中连垃圾也有阶级性"。是谁让我睁开了眼睛呢？是谁指示我从垃圾堆中寻找真理呢？不是别人，是理想，是我的正在发育的理想。

也是1931年，由同学洪叶、张戈介绍，我参加了上海左翼美术家联盟，我从一个苍白无力的文弱书生转变为勇气十足的秘密的地下工作者。是谁让我的命运有了归宿？是谁给予我在地下作战的勇敢和决心呢？不是别人，是理想，是我的勇于献身的理想。

1933年，我与教育家陶行知先生合作，开始把艺术创作实践作为武器与"阎王打架"，开始利用视觉形象揭露反革命统治者的阴谋与罪恶。是谁给予我进行创作的思想与智慧？是谁指示我认识旧社会的矛盾和对立面呢？不是别人，是理想，是我的实事求是的理想。

1935年，我又与"七君子"之一的邹韬奋先生合作，开始参加上海文化界救亡协会，开始参与文化战场上"禁止与反禁止"的激烈斗争。是谁引导我参加爱国的群众运动？谁指导我笔杆子应当和枪杆子合作，打破反革命的双重"围剿"呢？不是别人，是理想，是我的"只有共产党能够救中国"的理想。

理想对于我，是一盏引路明灯，它把我从左翼美联的地下活动引导到公开的创作活动，它把我从上海亭子间引导到革命根据地，把我从新民主主义引导到社会主义。它坚韧不拔，它能文能武。对于年轻人，它又是一根革命的接力棒！

笔在烽烟战火中

在烽烟战火中，我觉得仅仅是一支画画的笔是不够的，仅仅是依靠创作视觉形象也不能充分表达我心情的激动，于是，我又开始写诗。

战争是个瘟神——这里的战争指老百姓心目中的侵略战争、非正义战争。

战争是个救星——这里的战争指老百姓心目中的反侵略战争、正义战争。

老百姓是侵略战争、非正义战争的直接受害者。同时，老百姓又是反侵略战争、正义战争的真诚拥护者。只有老百姓才是最公正的裁判，判断谁是救星谁是瘟神，也只有千千万万的老百姓能够全心全意地援助救星去打败瘟神，这是反侵略战争、正义战争必然取得最后胜利的第一个优越条件。

兵在侵略战争、非正义战争中是瘟神的化身，是迫害老百姓、屠杀老百姓的残酷的凶手。兵在反侵略战争、正义战争中又是救星的化身，是保护老百姓、拯救老百姓的唯一亲人。然而，当侵略战争、非正义战争失利的时候，作为瘟神的兵往往转变为救星的朋友或后备军；相反，当反侵略战争、正义战争失利的时候，作为救星的兵永远是救星，绝对没有转变为瘟神的可能。这是反侵略战争、正义战争必然取得最后胜利的又一个优越条件。

兵的手中有枪，枪是救星手中的利器，又是瘟神手中的凶器。当侵略战争、非正义战争失败的时候，瘟神的凶器往往转变为救星的利器；可是，当反侵略战争、正义战争失利的时候，救星手中的利器绝对没有转变为瘟神的凶器的可能。这是反侵略战争、正义战争必然取得最后胜利的又一个优越条件。

老百姓手中有笔。笔是手无寸铁的老百姓的代言人，笔能表达老百姓的喜怒哀乐，笔能歌颂反侵略战争、正义战争的功勋，笔也能剖析侵略战争、非正义战争的罪恶，老百姓手中的笔与救星手中的枪是最亲密的战友,笔与枪的共同作战,只有反侵略战争、正义战争才有这个专利,侵略战争、非正义战争绝对没有这个专利。这是反侵略战争、正义战争必然取得最后胜利的又一个优越条件。

反侵略战争、正义战争除了得到国内众多老百姓的拥护与支援以外,还能够得到国际上更多的同情者的拥护与支援;救星手中的枪和老百姓手中的笔,也会得到国际上更多的同情者的枪与笔的拥护与支援。救星、老百姓、国际上的同情者、千千万万的枪和千千万万的笔汇合在一起,铸成了反侵略战争、正义战争的一面铜墙铁壁;而瘟神,发动侵略战争、非正义战争的瘟神,却自始至终只有孤孤单单的寡人一个。最后的胜利凯歌,理所当然地只能从救星的口中唱出,从老百姓的口中唱出,从全世界的同情者的口中唱出,形成一个全体人民的大合唱!歌唱祖国,歌唱人民,歌唱救星。这个救星没有新式装备,这个救星坚持持久战,这个救星出现在 20 世纪 30 年代的战斗中的中国!……

我的童年是在“瘟神”的猖狂肆虐中度过的,七十多年以前造成兵荒马乱的军阀内战,我现在仍然依稀记得。我记得三四岁的时候,母亲在战火纷飞中带我坐轿子到乡下的亲戚家中去“躲反”。我记得八九岁的时候,母亲在枪声四起的深夜,带我从后门逃走,在墙外的空地上躲避“兵变”。在我幼小的心灵中,世界上最可怕的是兵,是那些穿着黄色“老虎皮”的兵!

当我 16 岁的时候,我又遇见了“瘟神”。那是为了躲避突然叛变的蒋介石这个专门屠杀青年的刽子手的追踪,一个刚刚穿上“老虎皮”的乡亲把我偷偷地带到南昌,在一个军的政治部里当画画的宣传员,目的是用“老虎皮”蒙蔽老虎。仅仅一个月,这个政治部就因为藏有共产党而被解散，我走投无路，流浪了一阵子最后只好穿"老虎皮"回家，在厨房门口遇见母亲，她的第一句话就是："脱下'老虎皮'吧，死也不要穿这种衣服！"母亲对于"瘟神"的憎恨是刻骨铭心的。

1933年6月，母亲中风，我急忙从上海赶回九江的家中，早已不能讲话的母亲躺在床上，看见我回来突然喊了一声我的学名，一家人都以为母亲有救了。就在这个时候，偏偏蒋介石的"剿共"军在九江过路，要借我家的房子暂住，吵吵闹闹地惊动了母亲，她是在对"瘟神"的憎恨中停止呼吸的。

我对"瘟神"的仇恨是比海还深，我对救星的企盼也是比海还深的！

1936年张戈告诉我共产党的《八一宣言》，我开始明白什么叫做抗日统一战线。我们把救星的出现，完全寄托在共产党的身上。

自从1931年"九一八事变"日军侵占我国东北三省以来，引狼入室的国民党反动派头子蒋介石步步退让，他的臭名昭著的"攘外必先安内"政策，使全国老百姓恨之入骨，企盼抗日救国的呼声响遍全中国。1937年"七七事变"卢沟桥枪声一响，老百姓好像吃了一剂兴奋剂，欣喜若狂。接着，"八一三"上海事变枪声一响，又好像给上海人民吃了一剂兴奋剂，市民们都从长期的沉默中骚动起来。老百姓并不害怕战争，因为这是反侵略的正义战争。

上海的租界，本来是异乡人逃避兵灾的安乐窝，在上海租界当"寓公"的内地有钱有闲的阔佬们不少，是一个寻欢作乐的所在。平日里无论是弄堂或街巷，无论是高楼或大厦，到处都能听见搓麻将的声音、拉胡琴唱京剧的声音,以及猜拳敬酒尽情欢笑的声音。
"云封高岫护将军,霆击寒村灭下民。依旧不如租界好,打牌声
里又新春。"这是鲁迅先生把内地和租界相对比的寓意深长的讽
刺诗。"……搓搓麻将,国家事,管他娘",这又是租界上一位
文人的敞开胸怀的自白。前后两首诗都提到搓麻将这一带普遍性
的娱乐,都描画了上海租界是一个逍遥自在的特殊地界。

可是,当不管国家事的租界阔佬们听见了"八一三"的枪声
以后,国家事突然靠近身边了,弄得你不管也得管。当成千的上
海工人和市民们发起拥护抗日的蔡廷锴将军(上海驻军的首领)
的群众运动时,租界上的"寓公"们也不得不起来响应。当上海
的抗日部队在日寇的疯狂进攻中退守到苏州河畔的四行仓库时,
租界上的人们也和工人市民一起,心情激动地隔着苏州河向对岸
的抗日部队欢呼、致敬、抛食品、送花束,表示军民一心。这种
少有的令人感动的场面曾经持续了五六天之久。由此可见,抗日
战争使上海租界上的人们的思想意识得到升华,从消沉升华到爱
国!这一点,也令我不得不对租界上的人们另眼相看。

烽烟战火,仿佛是一剂强烈的清醒剂,让人们的头脑都开始
具有除旧布新的力量。

在烽烟战火中,我的生活实践起了一些什么变化呢?

最先,夏衍托人带给我一个口信,内容大意是:"请你不要
再关门画画了,你应当参加救亡活动,你应当参加《救亡漫画》
的撰稿和集会,千万不要拒绝。"我和夏衍没有见过面,大概我
关门画画已经出了名,我从来不善于交际,从来不主动和陌生人
周旋,夏衍的劝告是针对我的老作风而言的,我不能不听,救亡

完全合乎自己的心意，他不劝告我也会参加的。

果然，很快我就接到鲁少飞的邀请，要我为新近快要出版的《救亡漫画》撰稿，要我参加上海漫画家的一次集会。

是个什么地方我已经完全忘记了，总之是一个不小的客厅。我到会时已经满满地坐了一屋子人，我一走进去大家都朝我看，因为在他们看来，我的确是个新面孔。由于鲁少飞的介绍，我认识了张光宇、张振宇兄弟，认识了叶浅予，认识了华君武、丁聪、胡考、黄苗子、陆志庠……还有很多人我记不起姓名了。其中张光宇和华君武对我特别热情，拉着我问长问短，华君武甚至要我把住址告诉他，说过几天他会来拜访我。张戈早就叫我不要随便把住址告诉别人，这一回我只好破例了，虽然我对他并不了解。

这一次集会虽然认识了很多知名人士，但真正和我接近的只有一个华君武。

张戈因为《中华日报》社关门而失业，他说他很快就离开上海去广州，临走前他千叮咛万叮咛地对我说："我一到广州就写信给你，你不要随便走动，如果有急事，一定要写信告诉我。"多年聚首，在一起觉得平常，一旦分手不免依依惜别。我做梦也没有想到，他后来会为我去延安报信。

在烽烟战火中，我的艺术实践又发生了什么变化呢？

自从电通公司关门以后，我又担任了《自修大学》的特约撰稿人。这是一个进步的青年读物，主编李平心先生是一个知名学者，他对我非常热情，坚决要我每期为这个刊物创作三四幅国际时事漫画，并且要我把笔尖对准希特勒和墨索里尼这两个法西斯魔王。他又要我离开白俄公寓，搬到他家的亭子间去住。为了不拒绝他的热情,我答应了这个新的艺术实践,而且又回到了亭子间的怀抱。

金仲华先生照旧和我往来,他为进步的《妇女生活》月刊每期作四五则简短的"时事漫谈",他约我为这些漫谈作插图,我也答应了。金先生是个做事负责到底的忙人,他每期亲自将文稿送来又亲自将画稿取去,没有让我多费一点时间。

由于韦悫先生(他是一个知名学者,是我的邻居韦乃伦的哥哥)的介绍,我又当上了《译报》(一个进步小报)的文艺副刊《前哨》的编辑,这个副刊每星期只有一万多字的文稿,写稿的都是当时的名人,我每星期只要花两三个小时就编完了,并不费事。我第一次看见毛泽东的《论持久战》单行本的样本,就是在这个名气颇大的小小报馆里。

在烽烟战火中,我的笔又发生了一些什么变化呢?

我自从为《生活教育》作画开始,后来又为《漫画生活》《生活漫画》《大众生活》《新生》《永生》《自修大学》《妇女生活》这一系列刊物特约撰稿,一直是马不停蹄地往前奔,没有总结一下四五年来的创作经验,也没有认真回顾一下创作实践中的得失,特别是已经发现了的笔墨上的弱点没有加以克服,这种庸庸碌碌的艺术实践是早就应该结束了的。在抗日战争的考验下,我已经从"关门"转变为"开门",从"打架"转变为"救亡",这是一个转机,一个推陈出新的转机,我应该有一个自己审查自己的思考。我想,我笔墨的第一个弱点是作品不容易被读者看懂。我仔细考虑,不容易看懂的原因并不是形象的晦涩,而是作品的标题与内容之间有距离。其原因一半是我想把作品的思想性深化,一半是想躲开审查老爷们的贼眼。这个弱点容易克服,我只要把作品的标题与作品的内容靠拢一些就够了。

第二个弱点是我对于形象的夸张没有比较深入的理解，只是把夸张局限在描写对象的外表方面。正确的理解是，应当把形象的夸张看作是现实形象的理想化，而理想化并不能脱离现实形象这个根本，而是从客观现实的外部形态中挖掘它内部的精神实质。比如画人物，作者往往把人物形象的外部特点加以夸张，这是漫画作者的惯技，无可非议。但作为一般绘画来说，人物形象的夸张，则应当是人物精神形态的强化。只有强调人物的精神形态，才能达到现实形象理想化这一最高境界。这是我反复研究现代伟大版画家凯绥·珂勒惠支的许多作品后所获得的与过去不同的认识。这种人物精神形态的强化或夸张，具有震撼人心的魅力，在造型艺术中树立了"理想美比实际生活更美"的典型。

第三个弱点是我没有把造型上的"师造化"与"理想化"结合起来。"师造化"是艺术的本质，"理想化"是艺术的加工，两者应当紧紧地结合在一起。我过去在学校里专门"修改模特儿"，这是一种庸俗的"理想化"，正确的"理想化"不是修改自然，而是暴露自然的精神实质，在暴露中必然有所强调，有所删减，这和仅仅修改外部是有原则区别的。我今后的克服弱点之道，是应当把形象的"理想化"当作"师造化"的上层建筑。

在烽烟战火中，我克服了弱点的笔下，创作了一些什么新的作品呢？

首先，我创作了一幅《全民抗战图》，这是应鲁少飞之约为《救亡漫画》创刊号所作的一个封面。我开始有意识地强化参与抗战的工、农、兵、学、商的形象，开始有意识地把电闪雷鸣的背景与惊涛骇浪的气氛作为英勇抗击敌人的无畏精神的有力陪衬。
我废除了纤细的钢笔线条，采用了炭笔与毛笔的结合，尽量使整
个画面的内容与形式和谐。少飞说他对这个封面很满意。

　　我开始采用连续故事画与民歌相结合的民间形式画了两套连
环画（内容和标题都忘记了），也都是在《救亡漫画》上发表的。
这是我响应鲁迅先生在世时的号召与陶行知先生对"画配诗"的
偏爱而做的尝试，因为民歌与连环画都在我所嗜好的范围之内。

　　我还创作了一幅新闻报告式的《血的哺养》，是根据日军飞
机向"大世界"（一个游乐场所）投炸弹的新闻报道而绘成的。
描写的是一个在轰炸中殉难的、躺在街道上的母亲。她怀抱中的
婴儿正在血泊中寻找奶吃。我认为这个母亲与婴儿象征着中国人
民和中国人民的后代，新中国将在血泊中诞生。茅盾先生很重视
这幅作品，把它发表在战时唯一文艺刊物《烽火》上。我是一个
感情容易激动的青年。在烽烟战火中，我觉得仅仅是一支画画的
笔是不够的，仅仅是依靠创作视觉形象也不能充分表达我心情的
激动，于是，我又开始写诗，写我曾经喜爱的马雅可夫斯基式的
长短句，我认为长短句很能表现我的激动心情。我写的第一首诗
是《火中的凤凰》，这是针对上海沦陷区的大火的有感之作。我
斩钉截铁地认为，中国只有在烈火中才能够获得新生！我把这首
诗寄给了茅盾先生，他又把这首诗发表在《烽火》上。我的第二
首诗是《不是死，是永生》，这是追悼阵亡将士之作，也发表了。
当时曾引起马思聪先生的唱和，他为这首诗配了乐曲。

　　在烽烟战火中，我的笔是勤奋的，勇往直前的，一直到上海
沦陷为孤岛，一切刊物都停刊了，我的笔才停止了活动。

血的哺养

孤岛盼春

表面上它是安宁、繁华的，有各种各样的娱乐的海上天堂，而骨子里却是充满了无休无止的贪婪、残暴，把中国劳动群众的血液当作饮料的人间地狱！

　　上海，这个半殖民地，这个用文明掩盖着剥削、用欢笑掩盖着血泪的冒险家的乐园，多年以来，不过是被两三个国际强盗所抢走、所瓜分而藏在吸血鬼的口袋里的赃物。表面上它是安宁、繁华的，有各种各样的娱乐的海上天堂，而骨子里却是充满了无休无止的贪婪、残暴，把中国劳动群众的血液当作饮料的人间地狱！

　　上海沦陷于日寇之手，已经成为一个断绝了陆路交通的孤岛。值得我们注意的是，两个畏强欺弱的租界当局没有半点反抗，乖乖地把这个"十里洋场"奉献给比他们更强大、更贪婪的敌人。这个早已成为强盗口袋中的赃物的孤岛，不过是从两个贪婪的强盗的口袋中归并到一个更加贪婪的强盗的口袋中罢了。商店照样开门营业，工厂没有停工，学校照样上课，唯一的变化，是金融市场的下滑，钞票不值钱，马路上行人稀少，在街巷里弄很难听到搓麻将、拉胡琴和清唱的声音了。

　　我是这个半殖民地变为一个完整的殖民地的见证人。

　　在上海沦陷为孤岛以前的半个多月里，我的生活突然有了一个吉祥之兆，我接到张戈从广州寄来的一封意味深长的短信，信的一开头就是："告诉你一个好消息，有人转告我你有可能会到你所希望的地方去，我也想去。但这仅是个没有证实的传闻，等我过几天到香港证实后，再打电报告诉你，你千万不要走动。"

　　我所希望去的地方，也是他想去的地方，这是什么地方呢？不用多想，除了延安之外别无其他。我把这封信看作是彻底改变我的命运的吉祥之兆，我兴奋不已！但这种兴奋我只能藏在心里，表面上不露声色。

　　就在抗日战争打得热火朝天的时候，上海文艺界许多知名人士纷纷离开上海到内地去做宣传工作。因为长江下游一带的几个城市都已经在日军的疯狂进攻下沦陷了，看来上海早晚也要成为日寇囊中之物。而我，因为张戈叫我千万不要走动，这仿佛是给我吃了一个定心丸，我只好"岿然不动"。

我非常感谢几个没有见过面的知名人士对我的关心。最早劝我撤退的是电影大师夏衍，他托人带给我一个口信，劝我参加赵丹的演剧第 × 队离开上海到内地去，他说结伴同行比一个人方便得多，要我自己去和赵丹接洽。我马上告诉那个带口信的年轻人，说我暂时不能离开上海，请夏衍放心。

不久，我又接到《世界知识》的钱亦石先生（老党员）托人带给我的一个口信，也是劝我离开上海，说迟走不如早走。我也把同样的回答告诉了带口信的人，并且向钱老先生致谢。

接着，我又接到"生活书店"的一位徐先生托人带给我的一个口信，劝我早早离开上海，如果没有伴，可以和他们一道同行。我也马上对带口信的人说明，我因为有要事在身，暂时不能离开上海，请徐先生放心，我有办法离开上海，多谢徐先生的好意。

看来，上海的抗战已经到了紧要关头。金仲华先生有一天突然来看我，他说他一家人很快就要离开上海去香港，要我也早早离开此地，防备交通断绝。我告诉他我也可能去香港，只是目前还不能马上成行。临别时仲华老兄紧紧握着我的手说："不要在此地待久了，你千万要小心小心！"我热泪盈眶，再一次感到这个老大哥对我的深情。

更加突然的是，有一天上午华君武到我家来看我了。

他提着一只空皮箱，告诉我他很快就离开上海到延安去，他好像很了解我的底细似的，要我给他写封介绍信给我在延安的熟人。这使我十分为难，我从来没有透露过我有熟人在延安的风声，为什么他向我提出这样的要求呢？我也从来没有透露过我想去延安的风声，为什么他催我早一点动身较好呢？我和他仅仅见过一面，而且没有深谈，我的心事只有张戈一个人知道，我个人也只有漫画作品向读者公开，难道是四五年来的作品泄露了我心头的秘密吗？我无可奈何，想起早些时候张戈曾告诉我艾思奇先生已去延安，只好勉勉强强地写了一封信给他，君武马上把这封信放在口袋里，他主动地要求在我家吃饭（那时我和三哥一家人同住），并主动要求我给他送行，他把时间地点都告诉我了，他说他与母亲是不辞而别的。我也真的跑到黄浦江边为他送行，当轮船启行时，他站在甲板上举起手对我高声地喊叫："你要来呀！你要来呀！"

我在上海唯一的女友是夏蕾，她仍旧时常到我的亭子间里谈天，我们所谈的都是书本上的事情，从来没有涉及个人私事。我每次搬家，都将新居的地址告诉她，她也只有白俄公寓和电通宿舍没有去过。正在上海危急时她来看我，就对我说："现在有不少人都离开上海了，你走不走？"我说："暂时不走，将来很可能去香港。"她说："香港并不是一个安全地方，你去那里干什么？"我说我去香港不过是过渡一下，我始终没有把目的地告诉她，她也再没有追问。

就在这个时候，我接连接到父亲和二哥的几封来信，都说南京失守，九江情况危急，家乡很多亲朋都纷纷到内地逃难去了，我家人口众多，无钱动身，希望我赶快多寄点钱回去。我本来每月都寄生活费回家，接信后我马上去银行将我七八年来积蓄下来的八百余元全部取出寄回家中，我告诉父亲，今后继续通信恐怕很困难了，请不要挂念我，自己多多保重。战争的日子容易晃过，不久，上海驻军完全撤离上海，日寇就完全占领了上海，陆路交通全部断绝了，上海变成了只有水路可走的孤岛！当日军耀武扬威地排着队进入租界时，当一排排闪亮的刺刀经过"大世界"这个游乐场的时候，有一个工人正爬在十字路口竖立的几丈高的框架上修理时钟，他看见日军大队人马走过时，从框架上跌了下来，当场身亡，在马路上留下一摊鲜血！悲哉！在这个麻木的租界上，只有工人是一根最敏感最健康的神经，他时时刻刻维系着祖国的命运……这个报时的时钟没有修好，时光仿佛停止了。的确，这个罪恶的上海租界，它在这个工人的血泊中停止了往日的好梦。

上海沦为孤岛的前前后后，我接连搬了几次家。先是把我住的李平心家的亭子间让给从南市逃到租界来的三哥一家人暂住，我自己住公寓。后来因为亭子间太小，三哥一家四口挤不下，他又在成都路找了一个前后楼带亭子间的较大房子，要我和他们一起住，于是我又从公寓搬到成都路。我每次搬家都把新地址写信告诉张戈，可是我一直没有接到他的回信，心中忐忑不安。

孤岛上的一切刊物都停刊了，译报社也早已关门，我变成了一个彻底的闲人。我每星期照样去一次先灵洋行，可是每次都是空手去空手回，先灵生意不灵，连广告也不多登，不过它并不解雇我，我也仅仅靠这一笔工资过活。

有一天，我正在霞飞路上闲逛，突然遇见了很久不见的许幸之（他是我在电通公司时最关心最接近我的热心人士，表面上是《风云儿女》的导演，暗地里却是左翼美联的领导人之一——这是新中国成立后江丰同志告诉我的。因此，我不知道他的底细，他倒知道我的底细）。他一看见我就面露惊讶之色，他把我拉到僻静处悄悄地对我说："你怎么还没有走呢？日本人的黑名单里有你，你要当心，你要当心！"说完就马上离开了。这是个我完全没有料到的坏消息，我对自己正处在一个生死关头的逆境而不知觉感到自愧，我马上回家，换上一件友人寄存在我处的长袍，戴上毡帽，打扮成一个商人模样，从此以后，我就深居简出了。

可巧，天下事是"无巧不成书"的。从前做过我和张戈的邻居、经常和我们有往来的韦乃伦（他是韦悫先生的胞弟、岭南大学文科毕业，旧体诗词写得很好）突然来到我的居处看我，他看见我换了一身打扮就心里有谱了。他笑着对我说："长袍毡帽有什么用呢？走，走，跟我走，我替你找了一个'桃花源'，到'桃花源'去，包你满意！"乃伦是个乐天派，他自命不凡，在政治上保持中立，但实际上不是偏左就是偏右，我对他也放心，作为一个朋友也未尝不可，就真的跟着他走了。他一边走一边对我说："这个'桃花源'是我老婆娘家的伯父家，伯父姓简，是一个做羽毛生意的老老实实的华侨，经常往返于上海与香港之间，有时还到马来亚、印尼等地去做买卖，家中老伴去世了，留下两儿两女，有的还在中学念书，家中还雇有帮工和厨师，虽然不是巨富，日子倒过得悠闲自在。他的儿女都好客，如果有几个客人来家里，有茶烟酒菜款待，绝对不嫌麻烦……你放心，在那里和我在一起好了。"说着说着，就走到了金神父路一个僻静小巷尽头的一所旧式洋楼面前，乃伦很熟练地推开大门把我送进二楼的客厅里，乃伦的夫人简小姐是个心直口快的人，她一见我就大声地说："你来啦，你早就该来了，我们这里正三缺一哩！"她的两个堂妹也看着我点头微笑，于是，一番上海人所习以为常的雀战很快地开场了。就这样，我每天早去晚归，天天在这个"桃花源"里鬼混，每天都是四圈、八圈、十二圈地两手不停，除了吃两顿饭和休息之外，都是一边搓麻将一边闲谈；我的赌术不精，每一次总是输得精光，好在这是小麻将，在经济上无伤大雅。韦小姐对我说："我真盼望你能够赢一次，否则有人以为我们三个人在给你'抬轿子'哩！"说得大家哈哈大笑。我在这个"桃花源"里到底鬼混了多久，我没有统计，估计至少也有十多天吧。

大约是 10 月下旬，我才接到张戈从香港打来的一个电报："我不日返沪，一切面谈。"我把这个"一切面谈"看成是大局已定，心上的一个千斤重担放下了。果然，在接到电报的第三天，张戈就风尘仆仆地来到我的面前。我见他本来胖乎乎的脸上露出了几分憔悴，心想是否情况不太好。可是他张开口不说别的，只问我这里有生人没有，并要我关上门窗，然后才拉我坐下轻轻地对我说："我是奉廖公（指廖承志）之命而来的，他要我转告你，延安希望你早些离开此地，到那边去边学习边教书。目前交通不便，只有一条水路可走，要你先去香港办护照，然后转道去越南（当时是法国的殖民地），再转坐火车到云南昆明……这一长途旅行全由廖公负责，我还有他从广州请来的两个制版工人与你同行……廖公要我嘱咐你早早离开孤岛，不要等水路也断了就无路可走了。"我大喜，正想问张戈今夜住在哪里，张戈说："我马上就走，回到轮船上去过夜，明天下午就开船回香港，你要赶快动身。"他又问我的近况如何，我把我在简家鬼混的事情告诉他了，

1939 年 1 月蔡若虹与夏蕾在云南昆明

1939年1月蔡若虹 夏蕾 张谔在昆明旅次

张戈说："嘻！我在广州、香港为你提心吊胆，谁知道你在这里逍遥自在！……你真是……你真是一个……"他没有把"书呆子"三个字说出口，就连忙站起来拍拍身子说："我要走了，你不用送我，我一个人走路保险！"说完话马上匆匆忙忙地回到轮船上过夜去了。

　　记得十三四岁读《西厢记》的时候，对于书本上那些形象化的婉约多姿的词句十分欣赏，那时候，我还根本不懂"好事从天降，春光在眼前"的真实意义是指两性之间的性爱，天真地把"好事""春光"理解为花红柳绿的春天。现在，把"好事从天降，春光在眼前"这两句话来形容我目前的心理状态，那是十分贴切的。我在这个严寒孤岛中虽然照样生活，可是我日日夜夜翘首盼望的，却是春天这个好消息的到来。现在春光果然在眼前了，我积存了多年的愿望和理想，果然是从天而降了，我心情的舒畅，可以说到了顶点！张戈走后，我一个人在屋子里静坐了很久。我想，这个好事我只能藏在心里，绝对需要保密。但我又想，这件好事我必须告诉我几个最亲近的人，不能不辞而别。

　　我告诉的第一个人是我的三哥，他正失业在家，准备不久到内地去寻找他过去的工作单位。他听了我的好消息之后，慢吞吞地说："我不反对你去，只是听说那个地方生活很苦，吃小米，住窑洞，你这个文弱身体怎么受得了？"我说："三哥放心，我早已下定决心，什么苦我都能受，受不了也得受！"

　　我告诉的第二个人是夏蕾，她听后很高兴地说："这太好了，我也想……我也想去……你能不能把我也带去？……你能不能……？"我说："不能，你不像我无牵无挂，你有老母在堂，你走了她一个人如何生活?"夏蕾没有想到我会这么坚决地拒绝她的要求,她一下子变了脸色,开始流泪,接着她垂下头,把脸埋在两只手掌里,默默无言地抽泣。半晌,她抬起头来,泪眼模糊地问我:"你几时走?我给你送行!"我说就在这几天,我还没有买船票。她马上起身头也不回地离开了我的亭子间。

我告诉的第三个人是韦乃伦夫妇,老韦听说后对我看了又看,然后轻轻地对我说:"嚄!你从地狱里一脚跨进了天堂!你好运气,你可别忘记我们这个桃花源! ⋯⋯"简小姐接着说:"那个地方是北方呀!可冷呀!我们南方人挺怕冷,你要多带几件冬衣!⋯⋯我赶快替你织一件厚实的毛衣让你好过冬!"她是一个快手,果然只有两天就把毛衣织好了,由老韦亲自送给了我。

接着,我到先灵洋行去辞职,杜先生和曹先生都在。杜先生听我说明来意后马上打电话告诉德国经理,德国人也马上来到买办的写字间,这是一个新来的比较年轻的德国人,很高很瘦,他走进门也是对我看了又看,然后很有礼貌地对我说:"你要离开上海吗?"又问我:"到什么地方去?"我说到香港去。他说:"你应当离开上海,我不挽留你,祝你一路平安!"接着,他对曹会计说英语,原来他要给我发两个月的工资。曹先生送我出门时轻轻对我说:"你走得好⋯⋯听说这几天日本鬼子正在抓人!"

我走出这个大楼时,回头对它看了看,我感谢它掩护了我好几年,今后我不会再来了。我顺便到四川路中国旅行社去订船票,华君武曾经介绍给我的熟人对我很热情,他替我订了一只下水不过半年的邮船"渣华",票价也不贵,他对我说:"到时候我派搬场汽车去接你,你放心,绝对不会误事!"

　　一切要办的事我都办妥了。现在，我只有一件事要办，这就是收拾行装。

　　由于我三哥也将远行，家里不能存放较多的东西，我自己除了衣服较多外，许多图书画册无处存放，我想起了从前的邻居吴清友先生。他是《中华月报》的编辑，在苏联留过学，我和他过去也曾有过来往。我征得他的同意，把所有的图书画册都寄存在他的家里，因此也不能不把我的行踪告诉他，他说："我完全同意你的选择，祝你一帆风顺！"他送给我一盒精美的点心让我在邮船上享用。

　　我收拾的行装除了一只装棉被与褥子的帆布口袋和一只装随身换洗衣服的帆布衣箱之外别无他物。我把多余的衣服装在一只铁皮箱里，和其他日常用品一起都交给了三嫂，在整理图书画册时有一本特大的画集令我难舍，这就是经常和我做伴、被我翻阅过无数次的《凯绥·珂勒惠支版画选集》。难舍难分不仅仅是由于这本画集悲壮的题材内容和强烈的感情色彩曾使我百看不厌，而且也由于这本画集是从我所敬仰的鲁迅先生的身边买回来的。这本画集不仅是鲁迅先生在晚年亲自监制并亲自编辑的，连装帧设计、封面题字，连画页的内容说明……，都是他亲力亲为的。鲁迅先生在编完这本画集之后不过几个月就飘然仙逝，这是他留下的无比珍贵的遗物，我绝对不能抛弃它、冷落它，和它分手，我下定决心让它继续和我作伴，让它永远随我同行。

　　我把这本画集放在帆布衣箱的底层，上面盖上我的衬衣衬裤和几件过冬的衣服，以免它在长途旅行中受到损伤，这是我带在身边的唯一画册，它将要成为我艺术生涯的终身伴侣。

就是这本画册，它陪同我离开了上海亭子间，陪同我漂洋过海，攀山越岭，从战火纷飞的战争环境一直到阳光普照的和平环境。

就是这本画册，它陪同我经过香港，越南的海防、河内，以及昆明、贵阳、重庆、成都、西安等许多城市，一直到达革命圣地延安。

就是这本画册，它陪我坐过邮轮、火车、长途汽车、双轮马车，住过窑洞、土炕、养牲口的破屋，在毛驴背上、骡轿上、独轮车上、战友的肩上做过旅客。

只有这本画册，它陪同我从 20 世纪 30 年代直到 90 年代，从半封建半殖民主义时代转入人民当权的新民主主义时代，再转入光辉灿烂的社会主义时代，它将陪同我的祖国在不断的新生中获得永生！

告别亭子间

我是怎样在战斗中纠正我笔墨上的缺点和不足，我是怎样把表现劳动人民的精神面貌作为创作的起点，我是怎样心甘情愿地做一只投火的凤凰！

　　1938 年 11 月上旬的一天（日子忘记了），是我离开上海亭子间的日子。与我 1930 年 7 月来上海时的阳光灿烂的夏天完全相反，这是一个阴沉沉的冷气逼人的冬天，是一个象征着别离人们的沉重心情的别离天气。早上 7 点半，中国旅行社的汽车就准时开来接我上路了，司机替我把衣箱和行李口袋搬上汽车，三哥和夏蕾也早已准备好了，我们三个人一同坐上汽车，一同开赴外滩的轮船码头。

　　我们三个人一路都默默无言，各人想各人的心事。我很久没有逛马路，总觉得有些生疏。沿路景色萧条，商店都门前冷落，显出一副无精打采的样子。路上行人也不多，黄浦江上也没有很多船舶，听不见汽笛长鸣，听不见人声嘈杂，完全失去了往日的热闹与喧嚣。唯一刺目的，只有日本兵肩上的刺刀，在黄浦江边三步一岗五步一岗地闪闪发亮，成为垂头丧气的上海人的肉中刺、眼中钉！

　　汽车在江边的怡和码头前面停下，我们三个人走出车厢，司机把我的行李搬到一个紧靠着码头的小轮船上。原来我坐的邮轮很大，不能驶进浅水，要依靠小轮船把乘客和行李从码头上运送到深水的邮船上来。我与夏蕾、三哥握手告别，他们都默默无言，连一句好听的祝词也没有，只用呆板的眼光目送我走上轮船。当我走过日本兵的面前时，他们正瞪着眼睛向我注视，我昂着头，一步一步地慢慢走上码头，走上了小轮船。

　　小轮船等所有乘客都上了船就马上开动了，我看见三哥和夏蕾仍然呆立在岸上，我向他们挥手，可是他们没有一点反应，尤其是夏蕾那种丧魂失魄的样子，令我伤心！我想，这该不是最后

（二十）告别亭子间

　　1938年七十月上旬的一天（日子忘记了），是我离开上海亭子间的日子；与我1930年七月来上海时的阳光灿烂的夏天完全相反，这是一个阴沉沉的令气逼人的冬天，是一个象徵着别离人们的沉重心情的别离天气。早上七点半，中国旅行社的汽车就准时开来接我上路了，司机替我把衣箱和重行李袋搬上汽车，王琴和夏蕾他早已准备好了，我们三个人一同坐上汽车，一同开进外汉滩的轮船码头。

　　我们三个人一路都默默无言，各人想各人的心事。我很久没有逛马路，总觉得有些生疏；沿路景色萧条，商店都门前冷落，显出一付无精打采的样子，路上行人也不多，一面吧？我长叹一声："无情流水别离心，一样悠悠不尽！"……

（谁知道，当我到了香港和廖承志谈话以后，情况有了很大的变化。原来这位廖公是一个非常豪爽的热心人，当他听见张戈说我在上海有女朋友时，他埋怨张戈为什么没有早早告诉他，他说：有女朋友就不该分手，应当一道同来，要知道抗战的日子很长很长，一旦分手，天南地北，就可能不会再见。他要张戈打电报让夏蕾快来香港，挽回这个失误，张戈照办了。过了三天，夏蕾果然赶来了，她对我仍然没有笑脸，默默寡欢。那个顽皮的张戈，却故意不给她订旅馆的房间，要夏蕾和我住在一间房间里，这是否也是廖公出的主意？我想，反正总是他们两个人的合谋。而夏蕾，也没有提出反对。就这样，我和夏蕾就在别人的暗示中、拉拢中、撮合中，不动声色地草草结婚了。这本来是我到香港以后的事情，为了方便起见，我不得不提前说明。）

言归正传，当我从小轮船过渡到停在靠近吴淞口的邮船后，开始领略到这只下水不久的邮船有一种冲鼻子的海水与油漆混合在一起的腥味，令我有一点想呕吐的感觉。我连忙把铺盖在房舱里安顿好，便一个人独自走到上层的甲板上吸收一点新鲜空气。这是一只很大的邮船，宽阔的甲板上没有那种人来人往的忙乱，看不见日本兵的刀光剑影，我开始有了安全感。

汽笛一响，邮船慢慢地启动了，渐渐驶出了吴淞口。我展目四顾，眼前已是一片汪洋，四面都是水连天、天连水，这只庞大的邮船也不过是沧海一粟。我在甲板上不知道站了多久，面对着这个海阔天空的境界，我的思想开始海阔天空地浮游：我想起了我那旦夕不离的亭子间今后已不可能再见了；我想起了八九年来黄浦江上也没有很多船舶，听不见汽笛长鸣，听不见人声喧哗，完全失去了往日的热闹与喧嚣。唯一刺目的，是只有日本兵肩上的刺刀，在黄浦江边三步一岗五步一岗地闪之发亮，成为要求丧气的上海人的肉中刺，眼中钉！

　　汽车在江边的怡和码头前面停下，我们三个人走出车厢，司机把我的行李搬到一个紧靠着码头的小轮船上；原来我坐的邮轮很大，不能驶进浅水，要依靠小轮船把乘客和行李从码头上递送到浅水的邮船上来。我与夏蕾三哥握手告别，他们都默之无言，连一句好听的祝词也没有，只用呆板的眼光目送我走上轮船。当我走过日本兵的面前时，他们正瞪着眼睛向我注视。我昂着头，一步一步地慢之走上~~~~~~~~~~~~走上了~~轮船。

怡码头

小轮

夏蕾1938年底在香港

蔡若虹1938年底在香港

小轮船等所有乘客都上了船轮马上开动了，我看见三哥和夏蕾仍然呆立在岸上，我向他们挥手，可是他们没有一点反应；尤其是夏蕾那种丧魂失魄的样子，令我伤心！我想，这该不是最后一面吧，我长叹一声，"无情流水别离心，一样悠悠不尽"……

（谁知道，当我到了香港和廖承志谈话以后，情况有了很大的变化；原来这位廖公是一个非常豪爽的热心人，当他听见张戈说我在上海有女朋友时，他埋怨张戈为什么没有早点把他告诉他，他说：有女朋友就不该分手，应当一道回来，要知道抗战的日子很长很长，一分手，就可能不会再见。他要张戈打电报让夏蕾快来香港，挽回这个失误。张戈照办了，过了三天，夏蕾果然赶来了，她对我仍没有笑脸，默（然）

天南地北、

我那单纯而又复杂的亭子间生活；想起了亭子间的命运、遭遇、悲欢，以及与此有关的种种活动……我缓慢地，连续不断地，一往情深地，面朝着目前早已无影无踪的亭子间方向，唱出了我心头积蓄的告别词！

啊，啊！亭子间，亭子间！……

你这个毫不起眼的灶披间的上层建筑，我和你有割不断的鱼水交情，我和你有说不完的知心话语，你是我最早和最后进行形象思维的一间并不美好的斗室，我在你的注目中进行过美的探索、美的追求和美的体现。我从初步的人体美逐渐领会到劳动美、精神美和灵魂美，我从简单的人体造型逐渐深入社会生活造型、社会下层与上层关系的造型以及两种不同人物的对立统一的造型。啊！亭子间，你亲眼看见，我是怎样从垃圾堆中看见而且画出了《红背心的罢工》；你亲眼看见，我是怎样从一个美术学徒幸运地参加了"左翼美术家联盟"。你没有想到，我这个在惊涛骇浪中漂浮无定的孤舟又是怎样突然靠拢了革命的码头；你没有想到，我这个苍白无力的书生又是怎样在顷刻间变成了可以燎原的星星之火；你没有想到，我这个手无寸铁的弱者又是怎样在转瞬间变成了顶天立地的地下战士。啊！亭子间，亭子间，也是你亲眼看见，我是怎样地在失业穷困中第一次出卖劳动力，出卖了我在苦学中所取得的看家本领，就像一个每天上班下班的纺织女工、码头苦力一样，在这个纸醉金迷的十里洋场，给资本家卖力，给财迷们赚钱，给吸血鬼输血。啊！亭子间，只有你知道，我出卖的仅仅是一支画笔，我没有出卖人格，而且保留着一个纯洁的、倔强的、威武不屈的灵魂！啊！亭子间，亭子间！你是我知心的伴侣，你寡欢；那个颓废的张戈，却故意不给她订旅馆的房间，要夏蕾和我住在一间房间里，这是否也是廖8出的主意，我想，反正总是他们俩两个人的合谋，而夏蕾也没有提出反对，就这样，我和夏蕾就在别人的暗示中、撺掇中、撮合中，不动声色地草草结婚了。——这本来是我回到香港以后的事情，为了方便起见，我不得不提前说明。）

　　言归正传，当我从小轮船过渡到停泊在靠近吴淞口的邮船后，开始领略到这只下水不久的邮船有一种坤鼻子的海水与油漆混合在一起的腥味，有一点想呕哇吐的感觉。我连忙把铺盖在床舱里安顿好，便一个人独自走到上层的甲板上吸收一点新鲜空气；这是一只很大的邮船，宽阔的甲板上没有那种人来人往的忙乱，看不见日本兵的刀光剑影，我开始有了安全感。

令我

是我同呼吸共命运的亲人!

　　啊,啊!亭子间,亭子间!……

　　你这个四面不搭界的陋室,又是上海少有的一个藏龙卧虎的宝地。你陪伴过、轮换过多少不同姓名而又同一命运的"亭子间先生",他们多半是没有家眷的单身汉,他们多半是专操笔墨的教书先生,他们又多半是埋伏在底层的地下火种,他们又多半是这个半殖民地的资本主义的掘墓人,他们都走着一条光明正大而又危机四伏的道路,他们都有坚强的信念,敢于为工农撑腰、敢于为真理献身!啊!亭子间,亭子间,你这个四面不搭界的孤立的陋室,为什么有一个多灾多难的命运?为什么经常和囚车做伴,经常与铁窗为邻,经常与刑场对峙?啊!亭子间,你这个在孤立中沦为凶宅的亭子间,你知道有多少优秀人才在你的怀抱中被捕?你知道有多少火热青春的志士在你的怀抱中牺牲?你不会忘记吧?曾经和我同住一间亭子间的木刻家胡一川就在马斯南路的地下铁窗中度过了无情的岁月;你不会忘记吧?曾经来我亭子间经常做客的女作家夏朋(胡一川的未婚妻)就病死在冷冰冰的牢房之中。著名的青年诗人柔石、胡也频等五个烈士,也是从亭子间走到刑场,把满腔热血洒在龙华这个上海著名的红色墓场之上!啊,亭子间!你不必为他们悲泣,他们生前都怀有壮志雄心,都有无私无畏的精神,敢于把"前仆"换来"后继",让"后盾"连接着"前锋",他们的后盾就是千千万万的劳动者,就是那敢于改天换地的革命伟人!啊!亭子间,你不必伤心,你应该耐心等待,等待着烈士们的最后胜利,等待着上海的彻底翻身!

　　啊,啊!亭子间,亭子间!……

　　你四四方方的狭小的斗室，又是我长期苦读的幽居。我喜爱的读物是那些描写人生百态的读物。我过去所涉猎的多是我国古今的文学名著，而现在，我的目标转换到世界名著的阅读上。我最先接触也最感兴趣的，是19世纪俄罗斯的现实主义名作，它们让我产生了思想感情上的紧密联系，让我漫游在那悲欢离合的感情世界之中。我最迷恋的是托尔斯泰的《复活》，那上层贵族与下层奴婢的爱情纠葛，那得到了肉体满足之后的冷漠无情，那车站月台上一刀两断的分离，那隔着一层车窗的玻璃车厢内的狂欢痛饮、车厢外的被抛弃者的眼泪和随着车轮转动的奔走呼号……我接着读《罪与罚》，读《猎人笔记》，读《死魂灵》，读契诃夫的许多短篇和剧本，我的情绪随着故事的开展起伏，我为那无罪的劳动者在逼供之下承认有罪而久久沉思；我为那高贵的猎人在邂逅中的各种奇遇而喟然长叹遭遇的多种多样；我为那蛰居在地主庄园的主妇们和购买早已死亡的农奴的姓名的骗子手的对话而哭笑不得；我为那些"盒中人"、玩世者、畸零人、流浪汉的不同个性而拍案叫绝。只有高尔基的《我的大学》引起我对自己身世的感慨，作者的大学是在底层而我的大学却在亭子间中，学习的内容不同而学习的心得却相似，真正的大学是在民间。接着我又读法国雨果的《悲惨世界》以及其他作品，我认为这许多作者都是善于为人类灵魂画像的大师。啊！亭子间，你这个家徒四壁的斗室，又促使我经常与银幕接触，成为专门捕捉视觉形象的"猎人"。我从银幕上的单色看到彩色，从无声看到有声。这些银幕形象的构成，总离不开恋爱枝头的花开花落，离不开人生苦海的潮退潮升。独有那个化装为小丑的可笑而又可悲的形象，从流浪汉到冒险家，从畸零人到独裁者，无不从伪装中暴露真面目，无不让观众从笑声中流出眼泪；这个演员兼导演不是别人，他就是唯一的、真正的、多才多艺的艺术大师卓别林。啊！亭子间，你这个没有阳光只有灯光的暗室，又是关心民间疾苦、涉足社会下层的我的居留地。我除了天天读报，读那些陋巷蓬门的新闻以外，就只有直接地接触下层人物当作我浮浅的画外功夫。我接触过工人、失业者、流浪的难民、有病无医的老汉、儿童、乞丐，以及那些衣服上挂满了补丁的穷人。我除了廉价的同情和微薄的帮助以外，只有呕心沥血为他们的生活画像，只有把这一工作当作我这个左翼美术盟员的应有职责。啊！亭子间，你应该知道，我每次从外面归来，总是心情沉重地躺在床上沉思，总是一爬起来就马上拿起画笔。你应该知道，令我痛心疾首的，并不完全是饥寒交迫、疾病死亡，而是在罪恶的黑手摆布之下的灵魂的堕落和苟且偷生！啊！亭子间，只有你知道，我的内心有那么多难言的压抑，我的内心只有在努力工作中才能求得解放！

啊，啊！亭子间，亭子间！……

你这个不见阳光只见灯光的暗室，又是我长期进行艺术实践的唯一场所。你曾经陪我度过多少个不眠之夜，你曾经陪我度过多少次那种孤灯独影的笔墨时光。你知道，我总是把在白天早已构思好的半成品，留在夜深人静时继续完工。你知道，我总是把艺术加工作为创作实践的重心。啊！亭子间，就是在你的陪同之下，我在八年之中没有中断过精神劳动；就是在你的陪同之下，我前前后后完成了两百多幅漫画作品。你亲眼看见，我最初是和主张实践第一的陶行知先生合作，开始了"与阎王打架"的纸上从军，开始了诗与画的并肩作战，开始了把漫画当作随身武器，开始了和"阎王"手下的"牛头马面"发生接触和遭遇战；你亲眼看见，我接着又和强调再接再厉的邹韬奋先生合作，开始了为劳苦大众服务，开始了救亡图存，开始了书刊上的游击战，开始了与农村的反"围剿"的配合，进行着上海这个大城市中的"反禁止"的激烈斗争。啊！亭子间，你看见我是"纸上当兵"，我是沙场学步，我是从失败中吸取教训，从艺术锻炼中逐渐进入政治锻炼的熔炉！啊！亭子间，在这以后，你又看见我是怎样在抗日战争的烽烟战火中把笔尖刺向残暴的日寇，我是怎样在战斗中纠正我笔墨上的缺点和不足，我是怎样把表现劳动人民的精神面貌作为创作的起点，我是怎样心甘情愿地做一只投火的凤凰！啊！亭子间，你是了解我的，我虽无能，但是我努力；我虽笨拙，但是我坚持；我虽耿直，但是我无比忠诚；我这个艺术溪流中一朵小小的浪花，终于和汹涌的波涛汇合，终于流进了那个滚滚前进的不可阻挡的时代洪流！啊！亭子间，这一切你都了解得一清二楚！

啊，啊！亭子间，亭子间！……

你这个被鲁迅先生命名为"且介亭"的租界上的亭子，是我那顶天立地的革命理想的根据地，我的理想婴儿是在你这小小摇篮中长大的。你完全知道，我的理想不是乌托邦，我的理想是落实在我那坚强的信念之上的，是落实在我那从失败的痛苦经验中产生的坚强信念之上的。你完全知道，我第一个信念是"革命必须武装"，这个信念是1926年我在没有武装保护的逃亡中逐渐形成的。我在反革命的武装追查中尝尽了手无寸铁之苦，敌人有枪，而我们只有一双空手；敌人有刀，而我们只有一颗让反革命屠杀的头颅。我们眼看一批又一批的革命战士喋血沙场，我们必须从血泊中吸取教训。"十月革命一声炮响，给中国送来了马克思列宁主义"，送来了武装革命对抗反革命武装的伟大启示，唤醒了1927年的南昌起义，唤醒了1927年的秋收起义，唤醒了井冈山革命根据地的建立。这正是莽莽神州在漫漫长夜中的一线曙光，我的第一个革命信念就完全实现了。啊！亭子间，你完全知道，我第二个信念是"革命的笔杆子必须与革命的枪杆子合作"，给我这个启示的是陶行知先生的"遇见阎王打一架"的无畏精神。我16岁就遇见了"阎王"，我只顾得逃亡，没有拿起笔杆子打架的能力；现在，我的笔杆子有劲了，而且正当枪杆子与"阎王"打得难解难分的时候，我的笔杆子应当和枪杆子合作，在同一条战线上并肩作战。我只打了一个回合，就碰见了"阎王"手下的"牛头马面"的贼眼审查，我不得不转移目标，与其和"阎王"直接交锋，不如改变为火烧阎罗宝殿，从根本上摧毁"阎王"的根据地，摧毁这个不合理的社会制度，摧毁这个人间地狱。于是，我的笔杆子就把社会下层人物的遭遇和反抗当作目标，作为表现社会生活的漫画的主题。还好，我这种漫画作品很受读者们的欢迎，我的第二个信念又实现了。我的第三个信念是用"持续不断的反禁止对抗'阎王'的禁止"。你禁止这个刊物的出版发行，我就另行出版发行又一个新面孔的刊物，用反禁止对抗禁止；这种以眼还眼，以牙还牙的对抗手段，在邹韬奋先生的再接再厉的精神鼓舞下，我的笔杆子就经历了从《生活教育》开始，接着是《漫画生活》、《生活漫画》《大众生活》《新生》《永生》这一系列的笔墨斗争。我在这一斗争中发挥了所有的力量，我的力量是在劳苦大众的血泪中产生的。啊！亭子间，值得你注目的，是这一场城市的文化领域中的"反禁止"斗争，恰恰与农村的军事领域中的反"围剿"斗争遥相呼应，是真正的革命笔杆子与革命枪杆子的通力合作，我的第三个信念又实现了。我的第四个信念是"只有共产党能够救中国"，这个信念是从"九一八"到"七七事变"、从"八一三"到上海沦陷这一连串令人痛心的事变中产生的。由于蒋介石的抗战不力，抗日统一战线若断若续，一个城市又一个城市的失守，颠沛流离的难民千千万万，都把希望寄托在坚持持久战的共产党这个救星身上，寄托在那个标志着镰刀铁锤的红旗之上，只有共产党能够救中国，只有共产党能够与大地共沉浮，只有共产党能够挽狂澜于不倒。不但我个人有这个信念，全国人民都有这个信念。这个信念是饱经忧患的历史老人用朱笔写在不朽的篇章之上的，这个信念是推动我向往延安、奔向延安的唯一动力。亭子间，这一切你都了解得一清二楚。

啊！亭子间，亭子间！

你总该记得，自从我投入你的怀抱以来，我的心窝里就秘藏着一面红旗，一面灿烂的红旗，一面19世纪40年代从德国莱茵河畔拔地而起的红旗。这面红旗诞生后就具有征服世界的雄心壮志，它首先奔向俄国伏尔加河边，与那里1917年升起的以镰刀铁锤为标志的红旗汇合，推动了一个与旧世界决裂的新世界的诞生。不久，它又奔向东方，奔向中国，奔向井冈山，奔向延安，与又一面有镰刀铁锤标志的红旗汇合，建立了第一个革命根据地。这一面红旗也具有壮志雄心，它一方面要抵抗外寇、击退外寇，另一方面要防备内奸、击溃内奸，它将要把莽莽神州改变为融融乐土，它将要进入北京，进入天安门。眼看着一面崭新的五星红旗在天安门外的广场上升起，眼看着全世界向这面红旗注目，眼看着全国人民对这面红旗欢呼！啊！亭子间，你现在总该明白，我为什么在革命斗争受到挫折的时候，总要跑到外滩的外白渡桥边，面对着苏联大使馆屋顶上的红旗遥望。说实话，我是通过眼前的红旗，遥望我们自己的远在北国的红旗，遥望我的祖国光辉灿烂的未来！啊！亭子间，我现在向你告别，同时也向你祝贺，当我卷土重来的时候，当我和你重逢的时候，我能肯定，你早已改变了面目，你早已获得了解放，早已获得了新生！

小结

20 世纪 90 年代末写《上海亭子间的时代风习》（现更名为《长夜星火——上海回忆录》）时的蔡若虹

我相信父子两代之间是存在一个深深的"代沟"的。生活在两个不同时代，两种不同环境之中的人们，怎么会有完全相同的思想感受呢？

　　我也完全相信，"代沟"是可以沟通的。不管这个"代沟"多阔多深，只要在沟上搭起一座桥梁，远隔在"代沟"两岸的人们，就可以在桥上来来往往地走到同一条路上。

　　这个桥梁不是别的，就是共同的理想，共同的、崇高的实现共产主义的理想。

　　建这个桥梁是一项艰巨的工程，需要一代又一代的人们持续不断的努力。桥梁的建造与不同的时空条件的实际情况相结合，这个理想的桥梁才不会与现实脱节。

　　20 世纪 30 年代的上海亭子间时代，是一个理想联翩的时代。我把这个理想的时代风习记录下来，其目的也不过是想在搭桥工程中添置一砖一石，是否为有用之材，还要请读者们辨识。

　　我写的这本回忆录，是 20 世纪 80 年代后期动笔的。那时候记忆力很好，不仅大事记得清楚，连细节也不含糊，可惜只写了一大半就因故中断了，是一个未经修改的半成品。我重新改写并补充了最后几节，到了 90 年代后期，我的记忆力已经衰退得提笔忘字，大事还能记得，细节已经无从捉摸，只留下一个大的轮廓，感情色彩却大大地加重了，回忆录变成了随感录，这也好，现实主义这朵红花，总是离不开浪漫主义的绿叶扶持，这不是夸口，是老实话。

图书在版编目（CIP）数据

长夜星火：上海回忆录 / 蔡若虹著. — 长沙：湖南美术出版社, 2021.12（2024.4重印）

ISBN 978-7-5356-9644-1

Ⅰ.①长… Ⅱ.①蔡… Ⅲ.①革命回忆录—中国—当代 Ⅳ.①I251

中国版本图书馆CIP数据核字(2021)第221835号

长夜星火——上海回忆录
CHANGYE XINGHUO——SHANGHAI HUIYILU

出 版 人：黄　啸

著　者：蔡若虹

责任编辑：刘海珍

责任校对：伍　兰　彭　慧

封面设计：肖　睿

制　　版：嘉偉文化　JARL.V CULTURE

出版发行：湖南美术出版社

　　　　　（长沙市东二环一段622号）

经　　销：湖南省新华书店

印　　刷：三河嵩川印刷有限公司

开　　本：710mm×1000mm　1/16

印　　张：14

版　　次：2021年12月第1版

印　　次：2024年4月第4次印刷

书　　号：ISBN 978-7-5356-9644-1

定　　价：42.00元

销售咨询：0731-84787105　邮编：410016

网址：http://www.arts-press.com/

电子邮箱：market@arts-press.com

如有倒装、破损、少页等印装质量问题，请与印刷厂联系调换。

联系电话：13363616278